Torsten Schmandt

Sex, Rock 'n' Roll und wie ich Schriftsteller wurde

Roman

Bibliografische Information der Deutschen Nationalbibliothek: Die Deutsche Nationalbibliothek verzeichnet diese Publikation in der Deutschen Nationalbibliografie; detaillierte bibliografische Daten sind im Internet über dnb.dnb.de abrufbar.

Herstellung und Verlag:

BoD- Books on Demand, Norderstedt

ISBN: 9783746075389

Sex, Rock 'n' Roll und wie ich Schriftsteller wurde

Martin Mordsen

Um gleich mal mit einem Paukenschlag zu starten: Consti bremste und dann krachte es. Der Bandbus machte einen Hopser nach vorn und kam schaukelnd und mit einem mürrischen Ächzen wieder zum Stehen.

„Hui", sagte Spiro, was irgendwie unpassend klang. Tomke, der auf dem Beifahrerplatz saß, guckte in den Außenspiegel.

„Einer ist uns draufgefahren." Vor uns senkte sich das rot-weiße Geringel der Bahnschranken aus dem Nachthimmel, um sich über die Straße zu legen. Wir kletterten aus dem Bus und gingen zum Heck. Dort lagen auf der Straße ein Gitarrenkoffer und Teile meines Verstärkers. Teile wohlgemerkt. Etwa einen Meter dahinter stand ein zu einem Handwerkerauto umgebauter Renault Kangoo, der sein Scheinwerferlicht auf den Asphalt warf. Der Fahrer war ausgestiegen und hatte sich zur Stoßstange runtergebeugt, die wie ein zerknickter Strohhalm an seinem Auto hing.

„Sie sind aufgefahren", sagte Tomke. Der Mann drückte und rüttelte weiter an dem zerknickten Strohhalm rum.

Ich weiß nicht, ob klar ist, was ich mit Handwerkerauto meine. Das sind Fahrzeuge, bei denen die Rücksitze fehlen, und an deren Stelle ist eine Werkbank ein-gebaut, ein Schweißgerät oder ein Kompressor oder was in der Art. Auf dem Boden liegen Werkzeuge, Eimer, Sicherheitsschuhe und zerknautschte Zigarettenschachteln. Und alles ist mit Staub bedeckt. Diese Art hellgrauer Handwerkerstaub.

Vielleicht gibt es für die Autos auch einen Fachausdruck, aber den weiß ich nicht. In diesem Fall also war es ein Renault Kangoo in Weinrot und auf den Seiten, wo normale Autos Fenster haben, stand in Gelb: Zimmermann Martin Mordsen.

„Hey, Sie sind aufgefahren", wiederholte Tomke. Der Mann richtete sich auf. Mit jedem Schritt, den er näher kam, schien er zu wachsen, bis Tomke vergleichsweise aussah wie ein verkleinertes Modell seiner selbst. Der Zimmermann stellte sich so dicht vor seinen Widersacher, wie Boxer es vor dem Kampf machen, um den Gegner einzuschüchtern. Er guckte von oben auf Tomke runter, als wolle er ihn unter seinem XXL-Körper zerquetschen. Dazu trug der Kerl einen Vollbart und auf den Unterarmen Tätowierungen, die zwar nicht wirklich cool aussahen, aber auf diesen Unterarmen wahnsinnig einschüchternd.

„500", sagte der Fleischriese, der nur Martin Mordsen persönlich sein konnte. Consti zupfte an seinem Pferdeschwanz rum.

„Wie bitte?", fragte er anstelle von Tomke, der ungewohnt schweigsam wurde. Ich gab übrigens auch keinen Laut von mir, obwohl ich der größte und der mit den breitesten Schultern von uns bin, und manche Leute denken deswegen, ich sei irgendwie in der Pflicht, wenn es auf die eine oder andere Weise physisch wird. Aber das kam mir immer schon diskriminierend vor.

„500 Piepen, und zwar dalli", sagte Martin Mordsen, „oder was glaubt ihr Heinis, was eine Stoßstange kostet?" Sein Grollen brachte die Luft ins Wanken. Er hatte direkt in Tomkes Gesicht gesprochen, denn sie standen immer noch so da wie eben, nur dass Tomke ein kleines bisschen angefangen hatte zu zittern.

Wir waren zu viert, aber wir hatten die Hosen voll und der einzige, der auf Eskalierendes scharf zu sein schien, war dieser Mordsen, dieser vorbiblische Riese, mit dem wir allein auf dieser gottverlassenen Bundesstraße an diesem verdammten Bahnübergang standen, dessen rotes Stopplicht uns das alles eingebrockt hatte. Was blieb uns also übrig?

Tomke kletterte in den Bandbus und kam mit der Blechdose wieder, die als Bandkasse diente. Mit zittrigen Fingern hob er den Deckel ab und zählte das Geld.

„220, mehr haben wir nicht."

„Was soll der Scheiß?", sagte Mordsen, „guckt mal in die Dinger in euren Gesäßtaschen, ihr Penner!"

„Da ist nichts drin", antwortete Spiro und hielt wie zum Beweis sein Portmonee hin.

„Was seid ihr eigentlich für Idioten?", fragte Mordsen, während er nach den 220 Euro grabschte, die Tomke ihm immer noch hinhielt.

„Wir sind eine Band", antwortete Spiro, als hätte Mordsen eine Antwort erwartet.

„Scheiße seid ihr", beschied Mordsen und stieg in sein Handwerkerauto. Nachdem ein Güterzug vorbeizuckelt war und die Bahnschranken sich wieder ins Spalier der dunklen Tannen am Straßenrand eingereiht hatten, setzte er zurück, fuhr an der Unfallstelle vorbei und verschwand hupend in die Nacht, - mitsamt der Notreserve, die wir von unseren letzten Gagen abgezwackt hatten.

Wir stopften den Gitarrenkoffer und die Verstärkerteile zurück in den Kofferraum. Die Luke hakte etwas, sie musste bei dem Unfall Schaden genommen haben.

Als wir mit dem Wohnmobil den Lichtkegeln unserer Scheinwerfer hinterher durchs Dunkel schwammen, fragte ich:

„Wovon bezahlen wir jetzt einen neuen Verstärker?"

„Wieso ‚wir'? Das ist doch dein Verstärker, der im Eimer ist", sagte Consti. Spiro, der neben mir saß, lehnte sich seufzend zurück und hob eine Flasche Whisky an den Mund. Woher hatte er plötzlich eine Flasche Whisky? Und warum war die schon halb leer?

„Moment", sagte ich, indem ich mich wieder an Consti wandte, „wenn an deinem Bus was ist, dann bezahlen wir das ja auch aus der Bandkasse."

„Ja, weil alle mit dem Bus fahren. Aber über deinen Verstärker spielen tust nur du." Ich wollte antworten, dass der Verstärker ebenso Bandsache ist wie der Bus, weil wir alle voneinander abhängen. Wir alle brauchen den Bus und wir alle brauchen den Verstärker. Wir sind eine Gemeinschaft. Besser wäre es natürlich gewesen, wenn Tomke etwas in der Art gesagt hätte. Oder meinetwegen Spiro. Aber die schwiegen auffällig. Ich starrte in die

Schwärze hinter der Seitenscheibe und fing an nachzudenken. Ich bin der zweite Gitarrist, Rhythmusgitarrist. Wenn etwas in einer Band verzichtbar ist, dann der zweite Gitarrist. Tomke, Consti, Spiro: Gitarre und Gesang, Bass, Schlagzeug. Das sind die Eckpfeiler für eine Rockband. Ein zweiter Gitarrist ist Verzierung, Schnörkel, Luxus. Ich meine, ohne mich könnten sie die Gagen durch drei teilen. Ein kaputter Verstärker war eine verlockende Gelegenheit, unseren Status neu zu definieren. Ich sah mich schon in der nächsten Ortschaft auf einem verstaubten Provinzbahnhof stehen, neben mir der Gitarrenkoffer und eine Plastiktüte mit meinen Klamotten. Der Bandbus rauscht vom Parkplatz, aus den Fenstern recken sich Arme zum Abschiedswinken. Aber wieso Bahnhof? Ich hatte ja nicht mal Geld für eine Fahrkarte, egal wohin. Und wohin hätte ich auch fahren sollen? Etwa zu meinen Eltern zurück? Na, die würden sich bedanken.

Ich schwieg also und stellte mich müde. Als auch die anderen nichts mehr sagten und Spiro keine Anstalten machte, von dem Whisky anzubieten, krabbelte ich nach hinten in meine Koje. Ich hatte plötzlich das Gefühl, auf schrecklich dünnem Eis zu stehen.

In gewisser Weise hatte Martin Mordsen nicht nur unseren Bandbus angestoßen, sondern auch etwas in meinem Kopf. Damit fing die Geschichte an.

Straßenfest

Tomke und ich waren zusammen zur Schule gegangen und hatten auch zusammen Abitur gemacht. Abitur, na ja, kein dolles Ergebnis, um ehrlich zu sein. Ich hab es irgendwie geschafft, das ist eigentlich das beste, was ich davon sagen kann. Meine Eltern waren angemessen stolz, auch wenn sie das nicht so zeigten, sondern ihre Gefühle hinter einer gezügelten Erfreutheit verbargen. Ihre Großzügigkeit war auf jeden Fall echt und unverfälscht und ich wurde, ohne dass ich ausdrücklich darum hatte bitten müssen, Inhaber eines Führerscheins und einer echten Stratocaster. Die wurde übrigens, wie ich überzeugt bin, wiederholt das Ziel von Sabotage. Lackkratzer tauchten auf, Saiten waren plötzlich gesprungen, Schrauben der Abdeckplatte verschwanden. Allerdings konnte ich meiner Schwester nie etwas nachweisen.

Tomke hatte schon immer die Vision gehabt, eine richtige Band zu gründen, und da die Pläne, die meinen Eltern und anderen Ratgebern der Erwachsenenfraktion eingefallen waren, nicht mit meiner Vision meines zukünftigen Lebens harmonierten, war ich schnell auf Tomkes Seite. Mir war klar, dass ich neben ihm immer der talentlose Rhythmusgitarrist sein würde. Doch was spielte das für eine Rolle? Ich erkenne an, dass es Visionäre gibt und ihre Jünger. Aber insofern beide Diener der gemeinsamen großen Sache sind, gibt es zwischen ihnen keinen Unterschied.

Ein paar Tage später saßen Tomke und ich mit meinen Eltern und Caro, meiner Schwester, an dem ovalen, mit Brotkörben, Wurst- und Käsetellern großzügig bestückten Esstisch, der an Feiertagen zum Einsatz kommt oder wenn wir Besuch haben. Von Caros und meinen Freunden war Tomke der einzige, dessen Anwesenheit offiziell als Besuch eingestuft wurde. Das lag an seiner selbstbewussten Art und seiner Kleidung, die meine Mutter bei mehreren Gelegenheiten als ‚adrett' bezeichnet hatte, was seine Frisur einschloss und natürlich seine Kollektion von Oberhemden, die an das Wort „Herrenausstatter" erinnerten. Das einzig herausragende an ihm war seine Nase. Sie war lang und fleischig und sah so aus, als hätte er sich die falsche aus dem Schrank genommen. Gemessen an seiner Nase lagen die Augen etwas zu nah beieinander, was seinem Blick einen tadelnden Ausdruck bescherte, auch wenn er es gar nicht tadelnd meinte.

Im Grunde sah Tomke überhaupt nicht nach Rock'n'Roll aus. Mir gefiel der Widerspruch. Er machte ihn irgendwie glaubwürdiger. Ich fragte mich, ob meine Eltern lieber einen Sohn wie Tomke gehabt hätten.

Während sie Tee nachgoss, erkundigte sich meine Mutter, was er denn nun nach der Schule mache. Sie wusste von mir bereits, dass Tomke einen Ausbildungsplatz hatte, daher nehme ich an, dass ihre Frage strategischer Natur und irgendwie auf mich gemünzt war.

„Wir gründen eine Band", sagte Tomke. Meine Mutter lächelte.

„Ich meine eher beruflich. Ich habe gehört, du fängst eine Ausbildung an."

„Das ist für mich zweitrangig", antwortete Tomke, „um was es geht, ist die Musik."

„Dürfte aber schwierig sein, mit Musik Geld zu verdienen", mischte sich mein Vater ein. Von solchen Sprüchen ließ Tomke sich nicht beeindrucken.

„Ist das ein Grund, von vornherein zu kneifen?"

„Nein, natürlich nicht", gab mein Vater zu, während er die Brille abnahm und mit einer Serviette daran herumputzte, „doch um das Unternehmen zum Klingen zu bringen, braucht es wahrscheinlich ein paar Investitionen."

„Und?", fragte Tomke. Ich hörte in seiner Stimme einen Anflug von Gereiztheit heraus. Er konnte diese Denkweise nicht ertragen. Meistens verstand er sich mit meinen Eltern ziemlich gut, wenn es jedoch um seine Musik ging, konnte ihn der leiseste Anklang von „Erwachsenen-Denk" in Rage bringen.

„Wir bräuchten ordentliche Verstärker und so", sagte ich, um Tomke beizustehen.

„Und wer soll das finanzieren?", fragte mein Vater.

„Wer schon", murmelte Caro vor sich hin oder genauer: in meine Richtung. In ihrem frettchenhaften Profil zuckte es, als wäre sie dabei, eine Schnecke oder einen Wurm zwischen den Kiefern zu zerhacken.

„Einen brauchbaren Verstärker kriegt man für unter tausend. Ein Führerschein ist da deutlich teurer", erklärte ich und hielt das in dem Moment für ein brauchbares Argument. Caro machte ein feindseliges Geräusch, das außer mir niemand mitzubekommen schien. Doch was kümmerte mich die kleine Zicke.

„Das Hobby wird allmählich kostspielig", sagte mein Vater. Tomke schnaubte durch die Nase und ich fürchtete, er könne jetzt etwas Unüberlegtes von sich geben, aber stattdessen sagte er nur an die Adresse meiner Mutter: „Vielen Dank für das Abendessen." Dann stand er auf und sah mich an.

„Wir gehen dann mal auf mein Zimmer", sagte ich und erhob mich ebenfalls. Nun erwartete ich eigentlich den als Wunsch getarnten Befehl meiner Mutter, das Essen gemeinsam zu beenden. Wahrscheinlich lag es an Tomke, dass sie diesmal darauf verzichtete.

Kaum hatte ich die Zimmertür hinter uns geschlossen, legte Tomke los:

„Was bildet dein Alter sich ein? Hobby! Wenn er mit der Laubsäge ein verschissenes Vogelhäuschen bastelt, ist das vielleicht sein Hobby. Ich rede von Kunst. Ich rede davon, einen Traum zu verwirklichen." Er wurde immer lauter.

„Deine Eltern sind genau wie meine. Alles was nicht in ihr jämmerliches Einfamilienhausleben passt, müssen sie runtermachen. Weil sie Schiss haben, dass jemand ihnen den Spiegel vorhält, wie erbärmlich das ist, was sie ihr Leben nennen." Er setzte sich auf meinen Schreibtischstuhl und zupfte eine Flasche Bier aus dem Sechserpack, den ich am Nachmittag eingekauft hatte.

„Ich seh das ja genauso, aber brüll doch nicht so", versuchte ich ihn zu beruhigen. Ich kauerte mich aufs Bett und langte ebenfalls nach einem Bier.

„Warum soll ich das nicht in die Welt rausbrüllen? Es ist die Wahrheit."

„Ja, aber sie können dich hören."

„Sie *sollen* mich hören", sagte Tomke, aber schon leiser als vorher.

„In letzter Zeit sind sie ziemlich großzügig. Die Aussicht, dass sie mir einen Verstärker bezahlen, ist nicht so übel. Wir dürfen sie nur nicht gegen unser Projekt aufbringen", erklärte ich.

„'Projekt', das ist auch so ein scheiß Wort. Alle wollen ,Projekte' machen, anstatt in einer richtigen Band zu spielen." Tomke ließ noch eine Weile Dampf ab, war aber längst auf Zimmerlautstärke abgekühlt und anstatt die Konfrontation mit meinen Eltern zu suchen, schlug er ein paar Minuten später vor, unsere Garage als Übungsraum umzufunktionieren. Um nicht als Duckmäuser oder gar als Verräter an der großen Sache zu gelten, wechselte ich das Thema und stellte meine Bedenken nach hinten. Ich zog ein Buch aus dem Regal und hielt es ihm hin - „Der Fänger im Roggen".

„Kennst du das?" Tomke nahm es und las jetzt auch die Titel und Autorennamen der anderen Bücher, die auf meinem Schreibtisch lagen. Dickens, Hesse, Auster.

„Liest du den ganzen Krempel tatsächlich? Vielleicht solltest du mehr Zeit fürs Üben aufwenden."

Im Lauf einer Woche hatte Tomke einen Schlagzeuger aufgetrieben, den wir zum Vorspielen einluden. Eine halbe Stunde nach dem verabredeten Termin kam der Anwärter auf einem rot-blau gestreiften Fahrrad vorgefahren. Das Schlagzeug hatte er mit ein ein paar Gymnastik-gummibändern auf einem Anhänger fixiert. Obwohl Tomke wöchentlich das Spießertum geißelte, kündigte in seinen Augen die Verspätung zu einer *audition* (er bevorzugte den englischen Fachterminus anstelle des zweideutigen „Vorspiels") zu erwartende Enttäuschungen an. Schlimmer fand ich allerdings, dass der Bewerber ein Fahne hatte.

Der Schlagzeuger schwang sich vom Rad, schwenkte seine dunklen Locken und kam lächelnd und mit ausgestreckter Hand auf uns zu.

„Hey, ich bin Spiro." Weder Tomke noch ich zählen zur Gruppierung der Händeschüttler, doch Spiros offenherzige Geste ließ uns keine Alternative.

Nach der Begrüßung zogen wir den Fahrradhänger in die Garage und bauten das Schlagzeug auf. Genauer gesagt: Wir sahen zu, wie Spiro aus dem Haufen aus Toms, Becken, Stativen und Flügelmuttern mit kundigen Fingern ein Schlagzeug wachsen ließ. Fünfzehn Minuten später setzte Spiro sich auf seinen Schlagzeughocker und ließ die Sticks probeweise über die Felle und Becken springen. Tomke hängte sich die Gitarre um und schob die Regler der Gesangsanlage hoch.

„Wir fangen dann einfach mal an", sagte er und schlug die Harmonien seiner neuesten Nummer an, die den Arbeitstitel „a million dollars" trug. Es ging im Text darum, was Tomke von den nächsten Monaten seiner Musikerkarriere erwartete. Ich wusste nicht, ob ich das für Größenwahn halten sollte, aber mit Spiro am Schlagzeug klang der Song verdammt gut. Falls ich bisher Zweifel an Tomkes Kompositionen gehabt haben sollte, bekam meine Skepsis jetzt immerhin Gegenwind zu spüren. Und in dem Idealzustand, in dem die Musik in seinem Kopf existierte, quasi frei von weltlichen Beschränkungen (z.b. in Gestalt eines nicht mal mittelmäßigen Rhythmusgitarristen) ... wie ließ sich das ernsthaft beurteilen?

Beim Spielen wurden sich Tomke und Spiro immer ähnlicher. Gerötete Gesichter, Schweiß, der ihnen rechts und links die Schläfen runterrann, lächelnde Münder. Als hätten sie Sex miteinander. Eine Art musikalischer Gehirnsex. Es war fesselnd und eklig gleichzeitig. Etwa so wie wenn sich katholischer Wein aus dem Supermarkt beim Runterschlucken in Jesus' Blut verwandelt. Ich verlor mich im Zugucken. Das Gitarrespielen hatte ich weitgehend vergessen. Dass ich restlos aus dem Takt war, fiel nur deshalb nicht auf, weil mein wattschwacher Übungsverstärker so leise war, dass es genügte, wenn ich so tat, als ich würde mitspielen. Ich dachte, dass ich eifersüchtig sein sollte. Auf diesen dunkellockigen Saufkopf. Aber ich war glücklich, weil das, was passierte, einfach großartig war, - die Verschmelzung zweier Seelen in der Musik. Ich meine, wer das noch nicht miterlebt hat, soll an dieser Stelle einfach den Mund halten.

Gleichzeitig war ich traurig. Weil ich nicht dazugehörte. Das fünfte Rad am Wagen war. Ein Puzzleteil, das nicht zu den anderen passte. Die Musik war ein Märchenreich, für dessen Tor ich keinen Schlüssel besaß. Heute frage ich mich, was bloß mit mir los ist, dass beides - traurig und glücklich - bei mir immer gleichzeitig auftaucht.

Nachdem wir zwei Stunden lang die Nachbarschaft musikalisch bereichert hatten, gingen wir in mein Zimmer, um die Zukunft zu besprechen. Doch kaum hatten wir begonnen, platzte mein Vater rein und fragte, was mit der Garage los sei.

„Wir haben eine *audition* gemacht", antwortete ich, „wir haben jetzt einen Schlagzeuger."

„So, so, einen Schlagzeuger", echote mein Vater.

„Ja", sagte Spiro und sprang von meinem Bett auf, auf dem wir saßen. Er schüttelte seine langen, schwarzen Locken und hielt meinem Vater lächelnd die Hand hin.

„Also gut", sagte mein Vater, „aber in einer Stunde ist der Krempel da verschwunden."

Da irrte er sich jedoch. Der Krempel war nach einer Stunde nicht verschwunden und auch nicht nach einer Woche. Nicht einmal nach einem Monat. Mein Vater wurde allmählich richtig wütend. Ich konnte ihn irgendwie verstehen. Es war seine Garage, deren Zweck in seinen Augen ausschließlich darin lag, dass er ein Auto darin parkte. Auf der anderen Seite ging es um etwas wirklich Großes, um unsere Band, und er seinerseits zeigte überhaupt kein Verständnis, meinte immer nur, dass das eine Garage sei und sei für sein Auto bestimmt und so weiter. Ich musste Tomke Recht geben, mit solchen Leuten war einfach nicht zu reden.

Als ich kaum noch damit gerechnet hatte, kapitulierte mein Vater und mietete uns einen Proberaum. Wir teilten ihn mit zwei anderen Bands, aber die probten da meistens gar nicht, sondern trafen sich nur zum

Biertrinken und Kiffen. Denen war das egal, ob wir nebenbei auch Musik machten.

Mit der Zeit wurden die Leute, die zum Biertrinken und Kiffen auf dem großen, schwarzen Proberaumsofa herumhingen, immer mehr, bis sie gar nicht mehr alle auf das Sofa passten, obwohl einige von ihnen oben auf der Lehne kauerten. Wenn wir spielten, guckten sie uns zu und vergaßen manchmal den Joint weiterzugeben. Eines Tages sagte einer von ihnen:

„Ihr braucht einen Bassisten. Ich kenn da vielleicht einen." Natürlich wollten wir einen Bassisten. Dafür hätte ich meine Schwester eingetauscht. Aber wenn einer vom großen, schwarzen Sofa sagte, er kenne einen... ich meine, die waren alle über dreißig! Was sollten wir mit einem anfangen, der schon zu klapprig war, um allein auf die Bühne zu klettern?

Auf jeden Fall: Der Kerl vom Sofa brachte beim nächsten Probetermin wirklich jemanden mit, der sogar in unserem Alter war. Der norddeutsche Typ: blond und blauäugig; mit schmalen Schultern und einem Gesichtsausdruck, als wäre er nicht ganz freiwillig hier, als wäre er nie irgendwo ganz freiwillig. Außerdem baumelte ein Pferdeschwanz auf seinem Rücken. Schmale Schultern und Pferdeschwanz - das war in meinen Augen keine so tolle Kombination. Später bei der Besprechung meinte Tomke, auf der Bühne könne der Bassist die Haare vielleicht offen tragen. Als wir ihn tatsächlich mal ohne Haargummi sahen, ähnelte er zu neunzig Prozent seiner Schwester.

„Das ist Constantin", sagte der Sofa-Mann. Spiro sprang auf ihn zu und schüttelte ihm die Hand. Tomke und ich blieben noch im Hintergrund. Ich versuchte in Tomkes Miene zu lesen. Fand er auch, dass dieser Constantin ein bisschen unspektakulär aussah? Wobei weder Tomke noch ich im Punkt spektakuläres Aussehen eine Benchmark waren.

„Wollen wir?", fragte Tomke. Constantin nickte. Er packte seinen Bass aus dem Koffer, ging in die Ecke, wo wir unsere Sachen hatten, und stöpselte das Kabel ein. Consti ist kein Virtuose, aber präzise wie ein Uhrwerk. Wenn man ihn in der Band hat, braucht man kein Metronom mehr. „Constantronom" hatte Spiro mal gesagt und Consti hatte gelächelt und ist ein bisschen rot geworden. Zusammen sind sie wie ein lebendiger Puls. Die beste Rhythmusgruppe der Welt.

Mit Consti waren wir nun komplett und Songs hatten wir ohnehin genug. Tomke war wie unter Hochdruck. Jeden Tag öffnete er das Ablassventil und befreite ein Lied nach dem anderen aus seiner geheimnisvollen Nicht-Existenz.

Der Sofabewohner, der uns Consti beschert hatte, besorgte uns auch den ersten Auftritt. Das war bei einem Straßenfest und die Leute sind schier ausgeflippt. Das klingt vielleicht übertrieben, war aber wirklich so. Dazu hatten auch die Rahmenbedingungen beigetragen, zu denen eine Gruppe von fünf Frauen gehörten, die gefährlich angetrunken waren, weil ein Bierstand gerade für eine halbe Stunde „happy hour" gemacht hatte.

Außerdem war es ein warmer, fast schon schwüler Sommerabend und nach dem dritten Song fingen die Frauen, die Spiro zu Recht, wie ich fand, als „geile Tittentanten" bezeichnete, an, vor der Bühne zu tanzen. Ich meine, wenn Frauen in einem Film sich so bewegen, dann ist der Film mindestens ab sechzehn. Und dann waren schlagartig total viele Leute vor der Bühne. Es sah aus, als wären sämtliche Straßenfestgäste angerückt. Nicht unseretwegen, sondern wegen der Frauen. Und das war gut zu verstehen.

Immer mehr Leute tanzten und am wildesten die fünf Schönen. Und plötzlich ist der einen das Gummi vom Rock gerissen oder so, auf jeden Fall rutsche ihr der Rock zu den Knöcheln runter und sie stand im Slip da. Ein infernalischer Jubel und die Frau hörte nicht auf zu tanzen, sondern schleuderte mit einer Beinbewegung den lästigen Stofffetzen von sich, der über meinen Kopf segelte und irgendwo zwischen Spiros Trommeln niederging. Na, da wollten ihre Begleiterinnen nicht zurückstehen. Im nächsten Moment segelten vier weitere Stoffteile durch die Luft. Wir rockten dazu, was das Zeug hielt. Es wurde immer irrer. Ekstase, - das Wort drängt sich sonst im Alltag ja nicht so oft auf.

Plötzlich hörte Spiro auf zu spielen. Als wir uns zu ihm umdrehten, machte er die Messer-durch-die-Gurgel-Geste. Ich dachte: Ist der nicht ganz dicht?

„Los, zusammenpacken und dann schleunigst weg hier!“, schrie er. Tomke wollte schon einen Aufstand machen, aber Spiro hat ein Gespür für sowas. Mit ‚sowas‘ meine ich das, was sich als nächstes zutrug: Da war plötzlich was Elektrisches in der Luft und das konnte nicht gut ausgehen. Plötzlich beschrieb ein Männerkörper einen Bogen und krachte auf den Boden. Ich dachte gar nicht erst, dass er zu wild getanzt haben könnte, denn schon schoss ihm ein Schwall Blut aus der Nase und sofort war er wieder auf den Beinen, um sich auf einen Pulk Kerle zu stürzen, die sich irgendwie mit den Armen ineinander verhakt hatten. Eine der fünf Schönen sprang dem vor Wut rasenden Nasenbluter kreischend auf den Rücken und riss an seinen Haaren wie eine Reiterin am Zügel. Drumherum spielten sich ähnlich irre Szenen ab. Gekreisch, Fäuste, Adrenalin. Tomke packte mich am Arm und schrie mich an, ich solle alles in Sicherheit bringen. Wir rafften unseren Kram zusammen und flohen so schnell wie möglich von der Bühne.

Broterwerb

Der Ausklang des Festes war nicht im Sinne der Veranstalter, aber an uns blieb das Image hängen, den Leuten ordentlich einzuheizen. Zumindest behauptete Tomke, sowas gehört zu haben. Ich weiß nicht, wo er das aufgeschnappt haben will, ich meine, wo finden denn Diskurse statt über eine Fast-noch-Schüler-Band von irgendeinem Straßenfest? Aber gut, solche Sachen darf man mit Tomke nicht diskutieren. Tatsache ist: Wir waren kurz darauf für ein weiteres Straßenfest gebucht. Beim dritten Auftritt bekamen wir 200 Euro und nach dem vierten dachten wir, dass das jetzt immer weiter aufwärts geht. Ging es auch und wenn man weder Miete zahlen muss noch Essen einkaufen, dann verdiente ich nicht so übel. Es reichte für Bier, Kino, CDs, Parties und ab und zu ein neues Pedal fürs Effektboard. Das ging so eine erstaunlich lange Zeit.

Das sagt sich jetzt so leicht. Aber unser Erfolg beruhte auf harter Arbeit. Wir probten meistens zweimal die Woche und an den Wochenenden hatten wir ebenfalls nicht frei, da waren in der Regel die Auftritte. Nicht jedes Wochenende, aber die meisten Leute stellen sich das ja auch ganz falsch vor, weil sie nur die zwei oder drei Stunden auf der Bühne sehen, und was sonst noch alles dazugehört, davon haben die keine Ahnung. Zuerst muss man mit dem Auto zum Proberaum und den ganzen Krempel einladen: Instrumente, Verstärker,

Gesangsanlage mit Mischpult, Boxen, Scheinwerfer, Kabelkisten, Schlagzeug. Und ich sag einfach so „Auto", aber da fing das Problem ja schon an, wir besaßen gar keins. Meistens nahmen wir das Wohnmobil von Constis Eltern. Die sahen das gar nicht gern und machten uns die Hölle heiß, wir sollten bloß keinen Kratzer reinmachen. Ja, was dachten die denn? Dass man den sperrigen Kram so ganz ohne Schrammen ein- und ausladen kann? Und erst recht, wenn Spiro schon was intus hatte. Auf der anderen Seite konnte ich seine Eltern verstehen. Sie hatten jahrelang auf das Wohnmobil gespart, das war ihr ein und alles. Aber Tomke hatte überhaupt kein Verständnis dafür. Ich glaube sogar, dass er beim Einladen manchmal mit Absicht ruppig war.

Wie dem auch sei. Nach dem Einladen fährt man zu irgendeinem Club, wo der Parkplatz achthundert Meter entfernt ist, oder zu einer Dorfdisco, deren Betreiber einem als erstes erklärt, er würde auf Livemusik eigentlich lieber verzichten, das bringe nur Ärger und wir sollten gefälligst pünktlich anfangen und, ach ja, bevor er es vergesse, Freigetränke könnten wir uns mal ganz gepflegt von der Backe putzen.

Dann aufbauen, zwei oder drei Stunden Musik machen, wieder abbauen, alles zurück ins Auto, nach Hause fahren, den Krempel runter in den Proberaum schleppen. Wenn man das schafft, bevor es wieder hell wird, dann ist der Auftritt ausgefallen oder es ist Winter.

Und das häusliche Üben hab ich noch gar nicht erwähnt. Das muss ja auch sein, und das besonders, wenn einen das Schicksal nicht mit Talent überschüttet hat.

Erschwert wurde das Üben durch meine Mutter, die, kaum dass ich angefangen hatte, in der Tür stand: „Mach dich mal nützlich, räum die Spülmaschine aus, mäh den Rasen, bring den Müll raus oder hör einfach nur endlich mit dem Geklimper auf." Ich nehme ihr das nicht übel, denn sie befolgte den Auftrag meines Vaters und auch der war eher aus äußerlichem Pflichtgefühl gegen meinen Lebenswandel eingestellt, wegen „der Leute". Im Grunde, glaube ich, war es ihnen egal. Sie sind die Sorte Eltern, die ihre Kinder gern haben und mit Geld nicht geizig sind.

Bei Consti liegen die Dinge anders und ich weiß nicht, ob seine Eltern sich mit meinen abgesprochen hatten. Auf jeden Fall ging es gleichzeitig mit den Repressalien los: Was jetzt mit einer Ausbildung sei oder wenigstens mit einem Studium? Das war, was mich betraf, an einem Sonntagnachmittag. Wir saßen - wie sonntags bei uns üblich - an der Kaffeetafel, auf der ein großer Teller mit Spritzgebäck stand, und ich kann mich noch genau an Caros schadenfrohes Grinsen erinnern, als die Befragung losging.

„Ich hab doch einen Job", antwortete ich. Meine Eltern guckten mich ratlos an. Sie wussten wirklich nicht, was ich meinte.

„Ich bin Musiker", fügte ich hinzu.

„Nein, bist du nicht", sagte meine Mutter, von der ich sonst immer gedacht hatte, sie wäre auf meiner Seite, „du wohnst in deinem Kinderzimmer und wenn die Kleidung, die du in den Wäschekorb schmeißt, ein paar Tage später gewaschen in deinem Schrank auftaucht, liegt keine Rechnung dabei."

„Und in deiner Freizeit klimperst du auf der Gitarre rum", gab mir mein Vater den finalen Knockout.

„In meiner Freizeit?", fragte ich und hätte gern ein richtig übles Schimpfwort hinterher geschmissen. Vielleicht hätte ich es auch getan, wenn mich Caros Miene nicht abgelenkt hätte, - ein Ausdruck boshafter Neugier von so düsterer Wucht, wie ich ihn der kleinen Pissnelke niemals zugetraut hätte.

„Ja, sonderbare Bezeichnung, nicht wahr", setzte mein Vater fort, „da du eine andere Zeit gar nicht kennst." Okay, Sarkasmus musste ich mir von niemandem gefallen lassen. Ich rannte auf mein Zimmer, knallte mit der Tür und suchte eine Vinyl-Version von Motörhead aus dem Regal. Während Herr Kilmister das Hohelied auf den Rock n' Roll in die Kopfhörermuscheln brüllte, rekapitulierte ich meine Lage. Unsere Karriere war nun bereits im zweiten Jahr und wir durften uns mit Fug und Recht einen regionalen *act* nennen. Mehr aber auch nicht. Das, was meine Eltern unter ‚richtiger Existenz' verstanden, konnte ich von den Einnahmen nicht bezahlen. So viel war richtig. Aber da gab es eine Hoffnung, die jedes Jahr wieder, im Oktober, am Horizont auftauchte. Der landesweite Wettbewerb für Nachwuchsbands, ausgerichtet vom Verband zeitgenössischer Popularmusik, unterstützt von wechselnden Radiosendern und von der Kreissparkasse. Erster Preis: Aufnahmen in einem professionellen Studio und ein Plattenvertrag. Ein Plattenvertrag, hatte Tomke gesagt, das sei sozusagen die Eintrittkarte ins *business*.

Im Vorjahr wären wir fast in die Endrunde gekommen. Dann jedoch ereilte uns das Pech. In der Band, die von der Jury zwei Punkte mehr bekommen hatte, war eine Sängerin. Sie war klein und blond und beherrschte einen niedlichen Blick. Als Jurymitglied hätte ich wahrscheinlich auch für den süßen Blick gestimmt. Aber andererseits war das auch eine Sauerei, es sollte ja um Musik gehen, da musste ich Tomke zustimmen.

Mit der Aussicht auf den Wettbewerb und auf die Eintrittskarte ins *business* konnte ich meine Eltern für die nächsten Wochen vertrösten (auch wenn sie nicht sonderlich überzeugt wirkten). Diesmal kamen wir sogar in die Endrunde und belegten am Ende Platz vier. Danach ging es praktisch schon auf die Weihnachtszeit zu und das ist nicht die Zeit, in der Eltern ihren Kindern mit Auf-die-Straße-setz-Drohungen auf die Pelle rücken. Im neuen Jahr hatten meine Eltern ihre auf mich gerichteten Ambitionen wieder halbwegs vergessen.

Bei Consti lief es weniger beschaulich ab und er konnte seine Erziehungsberechtigten nur bei Laune halten, indem er Gelegenheitsjobs übernahm und das Geld in die Haushaltskasse einzahlte. Eigentlich wollte er studieren, aber seine Eltern sagten, das solle er ganz schnell vergessen. Sie meinten, sie hätten nun lange genug für ihn bezahlt und jetzt solle er eine Ausbildung anfangen.

Das erzählte Consti uns während eines Probeabends und dann fing er tatsächlich an zu weinen. Oder wenigstens fast und ich weiß nicht, ob er wegen des dramatischen Effekts sich anstrengte, ein paar Tränen rauszupressen, oder ob er - umgekehrt - damit kämpfte, vor uns die Haltung zu bewahren.

„Nimm dir das nicht so zu Herzen", sagte Spiro, „du kannst jetzt eine Ausbildung machen und danach noch irgendwann studieren."

„Nein", schluchzte Consti, „wenn ich jetzt mit Arbeiten anfange, dann ist der Zug abgefahren. Wenn es erst mal so weit ist, studiert man danach nicht mehr. Das sind Illusionen, dass man später noch mal sowas anfängt." Tomke guckte ihn sonderbar an, während Consti das erzählte. Und ich wusste auch, warum: Tomke hörte aus dem ganzen nur raus, dass man sich nicht auf Consti verlassen konnte. Consti heulte rum, weil er nicht studieren durfte. Von der Musik und der Band war dabei gar nicht die Rede. Ich sah in Tomkes Blick, wie er Consti innerlich abhakte.

Aber darauf wollte ich nichts geben. Solches innerliche Abhaken kommt bei Tomke häufiger vor. Das muss nichts bedeuten. Keine Ahnung, wie oft er mich schon innerlich abgehakt hat.

Auf jeden Fall wäre es eine gute Idee, sich mit Consti zu beraten, dachte ich. Ich überredete ihn, mit mir in die „Haferkiste" zu gehen. Die „Haferkiste" ist eine Raucherkneipe, weshalb Consti als Nichtraucher nur ungern hingeht, was ich verstehen kann, aber sie liegt in der Nähe und verglichen mit den Läden, in die Leute unseres Alters normalerweise gehen, sind die Getränke ausgesprochen günstig.

„Wir müssen uns was überlegen", sagte ich, „wegen unserer Eltern. Langsam wird das ungemütlich."

„Sehe ich auch so. Aber was sollen wir machen? Wenn ich mir nicht bald was suche, dann schmeißen die mich raus."

„Quatsch, Eltern sind Eltern. Bevor die wirklich was unternehmen, kommen erstmal tausend Androhungen."

„Bei deinen vielleicht", antwortete Consti, „meine sind da anders drauf."

„Und wenn schon. Spiro arbeitet auch nicht und hat sogar eine eigene Wohnung."

„Du warst doch schon mal bei ihm. Und trotzdem nennst du das Wohnung?"

„Zumindest wohnt er drin. Außerdem hat er noch Geld für seinen Whisky übrig."

„Du denkst, dass er den bezahlt?", fragte Consti. Ich zuckte mit den Schultern. Wahrscheinlich hatte er recht. Aber wir waren nicht hier, um Spiros Einkaufverhalten zu besprechen.

„Wir müssen irgendwie auf Zeit spielen", schlug ich vor, „immer nur von Monat zu Monat denken."

„Was soll das bringen?", fragte Consti.

„Na, damit die Band weiter am Leben bleibt. Wer weiß, vielleicht verdienen wir in einem Jahr genug mit Musik, dass unsere Eltern auf Knien angekrochen kommen."

„Du hörst dich schon an wie Tomke", sagte Consti, „jetzt mal ganz ehrlich: Was interessiert mich die Band? Ich möchte Mathematik studieren. Verstehst du? Das möchte ich. Ich will Mathematiker werden." Ich starrte ihn an und langsam ging mir ein Licht auf. Doch eine Stimme funkte mir in den Gedankengang:

„Soll's noch was sein, hab ich gefragt." Das war der Wirt, der sich in den Qualmwolken angeschlichen hatte. In seinem zauseligen Schnauzbart hingen wie immer Bierschaumflocken. Er konnte uns nicht leiden, weil er meinte, wir würden gemessen an der Dauer, die wir uns in seinem Lokal aufhalten, viel zu wenig konsumieren. In gewisser Weise war das Unsinn, denn die Knacker, die an dem Stammtisch herumhingen, konsumierten statistisch weniger als wir. Ich hatte das an zwei Abenden mittels Strichliste überprüft. Aber zu denen sagte Schnauzbart nie etwas. Insofern war seine Beschwerde haltlos, was ich mich aber nicht zu sagen traute. Dabei war das Lokal wirklich nicht erste Wahl, denn ich meine: Es gab allen Ernstes einen Stammtisch mit einem ‚Stammtisch'-Aschenbecher drauf.

Der Wirt bewegte sich nicht vom Fleck und stand so dicht neben mir, dass ich seine säuerlichen Ausdünstungen zu riechen bekam. Damit er uns in Ruhe ließ, mussten wir zwei neue Bier bestellen. Das kam mir eigentlich recht, denn ich hatte nicht das Gefühl, dass Consti und ich schon eine ansprechende Lösung gefunden hatten.

Aber ich hatte gesagt, mir ging ein Licht auf und das muss ich zuerst noch erklären: Als Consti das von der Mathematik sagte, begriff ich, dass er im Grunde nicht anders war als Tomke. Tomke hatte seinen Musik-Traum und Consti hatte seinen Mathematik-Traum. Daran hing jeweils ihr ganzes Lebensglück. Der Unterschied war nur, dass Consti Tomke für einen Idioten hielt, wenn der wieder davon anfing, eines Tages ein Rock-Star zu sein, während Tomke solche Träume für heilig hielt.

„Andererseits", sagte Consti, „die Musik nimmt nicht so viel Zeit in Anspruch. Auf jeden Fall nicht so viel wie eine scheiß Lehrstelle das tun würde." Ich nickte bloß, um ihn nicht zu unterbrechen. Doch dann blieb Consti im Gedanken stecken. Oder eigentlich: er blieb nicht stecken, vielmehr hatte ich das Gefühl, er *wollte* nicht weiterreden. Er hatte was ausbaldowert und mochte nicht mit der Sprache rausrücken.

So saßen wir für ein paar Minuten schweigsam vor unseren Bieren, bis Spiro überraschend hereingeschneit kam.

Er wankte eine Weile am Eingang rum, bis er mein Winken geortet hatte.

„Hey Leute, alles klar bei euch?", fragte er und schaffte es sogar, besorgt zu klingen, obwohl das Sprechen ihm nicht mehr ganz leicht von der Hand ging.

„Wieso?", wollte Consti wissen.

„Mann, ihr macht vielleicht Gesichter." Wir erklärten ihm also unser Problem, das ihn nur zu einem Lächeln animierte.

„Dann ist ja gut, dass ich jetzt hier bin", erklärte er, „wenn eure Eltern wollen, dass ihr Bewerbungen schreibt, dann macht das doch. Das ist längst nicht dasselbe wie eine Stelle annehmen." Das klang ziemlich einleuchtend und ich wunderte mich, dass Consti und ich nicht darauf gekommen waren.

„Man darf sich nur nicht dumm stellen. Das fällt auf, wenn man es nicht geschmeidig macht."

„Aber dann bekommt man die Stelle doch womöglich", wandte Consti ein.

„Quatsch, Alter, bestenfalls kriegst du ein Vorstellungsgespräch."

„Und da stellt man sich dann dumm?", fragte ich.

„Ne, da ist das nur was für Profis. So direkt von Angesicht zu Angesicht. Davon solltet ihr auf jeden Fall die Finger lassen."

„Dann kapier ich nicht, was eigentlich dein Tipp ist", sagte Consti.

„Pass auf", antwortete Spiro, „es war schon von zwei Hürden die Rede: erstens musst du es zum Vorstellungsgespräch schaffen und zweitens musst du da auch noch überzeugen. Und nun kannst du auch noch eine dritte Hürde einbauen."

„Kann ich das?"

„Ja, wenn du also gegen die Wahrscheinlichkeit ein Stellenangebot hast, dann gehst du zu deinen Eltern und sagst ihnen, dass du dir doch etwas anderes gewünscht hättest, dass die Firma echt keinen so tollen Eindruck gemacht hätte und so. Man darf sich auch mal wählerisch zeigen. Eltern haben für sowas Verständnis."

„Ja", sagte Consti, „vielleicht beim ersten oder zweiten Mal."

„Wenn es dann irgendwann doch brenzlig wird, kann du dich immer noch dumm stellen. Aber wie gesagt, das ist knifflig. Du darfst es nicht übertreiben, du darfst aber auch nicht zu wenig dumm rüberkommen. Denn du musst nicht denken, dass die Arbeitgeber keine Dummen einstellen würden. Normalerweise sind sie gezwungen von der Dummheit den oberen Rand abzuschöpfen."

Inga

Mit diesen und ein paar anderen Strategien kamen Consti und ich noch einige Zeit über die Runden. Dann hatten unsere Eltern endgültig die Nasen voll und bevor unsere Musikerkarriere einen Gang höher schaltete, um sich von den Elternlaunen abzukoppeln, trat Inga in mein Leben. Inga Hansen. Inga hat pralle, milchweiße Brüste, grün-blaue Augen und so blonde Haare, wie sie nur Popsängerinnen auf Youtube haben. Lenny, von dem noch später die Rede sein wird, hatte ihr mehrfach einen ‚Pornokörper' attestiert. Mit all diesen Attributen trat sie in mein Leben. Genauer gesagt, klingelte es an der Haustür, ich öffnete und da stand sie mit einem milchig-grau-blauen Winterhimmel im Hintergrund, von dem sich ihr Lächeln abhob wie eine leuchtende, saftige Erdbeere. Seit ich nicht mehr zur Schule ging, hatte ich sie nur noch selten gesehen und weiß der Teufel, woher sie meine Adresse kannte.

„Hallo." Ihre Lippen bewegten sich so anmutig und sündig, dass mein Herz seine Schlagzahl ruckartig verdoppelte.

„Ich bin Inga."

„Ja, klar... ich meine, ich weiß, wie du heißt. Du bist ja ziemlich bekannt."

„Wieso bekannt?"

„Du warst doch in der Parallelklasse oder so."

„Wir waren sogar zusammen im Kindergarten." So? Wie hatte ich das vergessen können?

„Ich bin eigentlich auf dem Weg zum Feuerlöschteich",
sagte Inga und machte eine hauchzarte Bewegung mit
dem Kopf, um auf das Paar Schlittschuhe zu deuten, das
ihr an den Schuhbändern über der linken Schulter hing.
„Wollte fragen, ob du vielleicht mit möchtest."

Wie sich zum Glück zeigte, ist Inga eine lausige Schlitt-
schuhläuferin. Während wir in dem allgemeinen Gewim-
mel und zwischen einer Rotte Zehnjähriger, die mit über-
dimensionierten Eishockeyschlägern übers Eis stoben,
unsere Runden drehten (oder - was Inga betraf - strau-
chelten), ließ sie keine Sekunde meine Hand los. Wenn
wir die der Straße gegenüber liegende Längsseite
entlangglitten, fächelte der Wind mir ihren
Vanilleschokoladenduft in die Nase. Das und die
körperliche Betätigung summierten meinen Puls auf ca.
250. Hin und wieder (und nachdem ich die Kausalkette
verstanden hatte, immer häufiger), scheiterte ich daran,
Ingas Gestolper und Gewackel auszugleichen, so dass wir
aufs Eis purzelten, wobei sich unsere Körper, indem wir
die Folgen des Sturzes vielleicht auch übertrieben, an
allerlei Stellen berührten, wie es der Zufall nicht einmal
in überfüllten Linienbussen zustande bringt.

Während einer Verschnaufpause fragte Inga, ob ich tat-
sächlich in einer Band spiele. Wir saßen auf dem Deckel
eines Kanalschachts und wir berührten uns von der
Schulter abwärts bis zur Hüfte. Sie verabreichte mir eine
Überdosis von sich, die fünfundneunzig Prozent meines
Großhirns lahmlegte.

„Dass so viele Mädchen auf Jungs abfahren, die Gitarre spielen", fügte Inga hinzu, „find ich lächerlich. Das ist doch pures Klischee. Den meisten Jungs fehlt total die Tiefgründigkeit." Sollte das heißen, sie hielt mich für tiefgründig? Die Leute neigen ja dazu, schweigsame und schüchterne Menschen für tiefgründig zu halten. Ist zwar auch ein Klischee, aber ich war weit davon entfernt, Inga das ausreden zu wollen.

Unterdessen spann sie ihren Assoziationsfaden weiter: „Ich mag so ziemlich jede Musik. Ich find auch Justin Bieber toll. Und dazu steh ich." Tomke hatte mal gesagt, dass es die Sache nicht besser macht, wenn man zu seinem schlechten Musikgeschmack steht. Jetzt, an der Seite von Inga Hansen, fand ich das engstirnig und elitär.

„Oh, guck mal, sieht das nicht toll aus!", rief Inga plötzlich. Hinter einem präzise arrangierten Spalier von Pappeln, oberhalb des Bungalows, der den Kindergarten ‚Lustige Zwerge' beherbergte, zerfloss die Sonne in allerlei Rottönen und entrückte den Winternachmittag restlos ins Romantische. Inga nahm meine Hand und stand auf. Ich stellte mich - in den Anblick des Sonnenuntergangs versunken - neben sie. Ich muss allerdings hinzufügen, dass ich durch die Anstrengung, Inga unbeschadet über das Eis zu führen, ganz schön ins Schwitzen geraten war. Nun fing ich an zu frösteln. Nach ein paar Minuten der Versunkenheit stellte Inga fest:

„Du zitterst ja."

„Höchstens vor Aufregung." Sie lächelte mich an.

„Du bist süß." Trotz der Schlittschuhe an ihren Füßen gelang ihr eine elegante Drehung, mit der sie unmittelbar vor mir zum Stehen kam. Ihr Gesicht so nah an meinem, dass mein Blick die einzelnen Partien abtasten konnte: Ihr linkes Auge, das rechte, ihre Nase. Und dann spürte ich nur noch ihre Lippen, ihre Zunge und ein zartes Schnaufen.

Alles war so schnell gegangen. Ich fragte:

„Sind wir jetzt ein Paar oder was?" Eine sensationell bescheuerte Frage. Jetzt würde sie mich auslachen und stehen lassen. Aber stattdessen küsste sie mich noch mal so wie eben. Damit war es besiegelt: Inga und ich waren ein Paar. Wir gingen miteinander. Inga und Ich. Ich und Inga. Ingich. Ichga. Ich war der glücklichste Mensch des Universums.

Möwe

Wenn man Möwe fragt, wie er wirklich heißt, dann grinst er und sagt „Möwe". Er hat einen kleinen Gebrauchtwarenladen, der bis auf einen schmalen Gang von der Eingangstür bis zum Tresen mit Plunder vollgestopft ist, hauptsächlich irgendwelcher Elektronikkram. Die Musiker der Stadt hassen ihn regelrecht, denn er hat so einen magischen Blick. Wenn einer zu ihm kommt, um ein Instrument, einen Verstärker oder irgendwas zu verkaufen, dann erkennt Möwe sofort, wie dringend der Typ Geld braucht und dann nennt Möwe einen ganz unverschämten Preis, dass man ihm am liebsten eine reinhauen würde. Aber im Normalfall verkaufen die Leute ihm dann doch ihre Sachen, weil Möwe einen speziellen Service anbietet: Wenn man sich das innerhalb von zwei Wochen anders überlegt, dann kann man die Waren zum selben Preis zurückkaufen. Das ist natürlich nur ein Werbetrick und passiert eigentlich nie. Wenn man so dringend Geld braucht, dass man zu Möwe geht, wie sieht die Finanzlage dann zwei Wochen später aus? Mal ehrlich!

Andererseits guckt man als Musiker ganz gerne bei Möwe rein. Könnte ja sein, dass er was Interessantes rumstehen hat, was man gerade dringend braucht. Ich hab bei ihm mal ein Fuzzface gekauft. Das sollte Jimi Hendrix gehört haben oder wenigstens fast. Man muss halt Glück haben, wenn man hingeht. Und das fängt schon bei den Öffnungszeiten an. Man weiß nie, wann Möwe seinen Laden geöffnet hat. In dem Punkt ist er so wie wir: Er hat noch nie richtig gearbeitet. Allerdings ist Möwe grob geschätzt fünfzehn Jahre älter. Insofern sind wir ihm Respekt schuldig. Er ist darin quasi der Profi.

In punkto Arbeiten muss ich dringend zwei Dinge klarstellen. Vielleicht ist das bisher falsch rübergekommen:

Erstens: Einer aus der Band ging durchaus regelmäßig arbeiten, nämlich Tomke. Der war eine Art *assistentmanager* in einem Bekleidungsgeschäft, wo er die Jeans-Abteilung leitete. Das überrascht jetzt vielleicht. Aber um Tomke richtig zu verstehen, muss man auch das wissen: dass er eine richtige „bürgerliche Existenz" hatte, mit komplett eingerichteter Zwei-Zimmer-Wohnung, Motorroller und einer festen Freundin, die, wie er sagte, ihm „den Rücken frei hielt". Das heißt, sie ging für ihn einkaufen, machte was zu essen, putzte die Wohnung und so weiter. Klassische Rollenverteilung eben. So hatte er den Rücken frei für seine Musik. Eine feste Freundin, könnte man resümierend sagen, ist besser als Eltern, - vom Sex noch gar nicht zu reden.

Das andere hat mit Möwe zu tun. Er ist nämlich trotz allem nicht faul. Neben seinem Geschäft hat er ständig weitere Jobs am Laufen. Tomke meinte, er würde auch Bands aus der Gegend managen. Genau deswegen gingen wir hin; Tomke und ich; die anderen - so Tomkes Plan - sollten erst später was davon erfahren. Ich weiß noch: Es war ein Februartag, so kalt, dass man ständig in Bewegung bleiben musste, um nicht am Boden festzufrieren. Mit hochgezogenen Schultern und den Händen in den Manteltaschen trottete ich neben Tomke her. Die Straße und Häuser waren starr vor Kälte. Wenn ein Auto oder ein Fahrradfahrer an uns vorbeiruckte, war es wie ein Überlebenskampf, der bald vorbei sein würde.

„Hier ist es." Tomke deutete mit dem Kopf auf ein Schaufenster, das mit Autoradios, Playstationkartons und einer E-Gitarre der Marke ‚Fonoton' vollgestellt war.

Wir hatten Glück, der Laden war geöffnet. Möwe hockte hinter dem Tresen und blätterte abwechselnd in einem Börsenmagazin und in einem Tittenheft. Aus seinem Bestand hatte er drei Heizlüfter aufgestellt, die allesamt auf Hochtouren liefen. Trotzdem sprang einen vom Schaufenster her kalte Luft an. Erst als wir am Tresen standen, hob Möwe, wie in Zeitlupe, den Kopf. Sein Blick dümpelte wie auf Wellen durch den Raum und blieb immer mal wieder an uns hängen. Ich weiß nicht, welche Sorte Drogen Möwe nimmt. Aber an diesem Tag war es bestimmt nicht nur eine Sorte gewesen. Sein Körper schien um Hilfe zu betteln. Doch in diesem kümmerlichen, geschundenen, wackeligen Körpergestell haust ein erbarmungsloser Chef, der kein Mitleid mit seinen Organen kennt.

„Was kann ich euch Gutes tun, Ladys?", nuschelte Möwe, während er mit der Hand etwaige Sabberfäden aus dem Bart zu wischen versuchte.

„Wir wollen eigentlich nichts kaufen", antwortete Tomke.

„So, eigentlich, aber uneigentlich vielleicht doch." Er fing an zu kichern und wir kicherten höflich mit - solange, bis ich sicher war, dass Möwe vergessen hatte, was ihm eigentlich lustig erschien.

„Wir suchen für unsere Band einen Manager", sagte Tomke

„Einen Manager sucht ihr, einen Manager gefunden ihr habt." Wieder ging das Kichern los. Jetzt wusste ich auch, an wen mich der Hutzelmann erinnerte. Plötzlich verstummte Möwe. Er kniff die Augen zusammen und musterte uns.

„Ihr seid die Jungs von ‚Sojus'", stellte er fest und verzog den Mund, als hätte er gerade was Ekliges auf der Zunge. Woher wusste er, in welcher Band wir spielen? Entweder ein unfassbarer Zufall oder er kannte sich wirklich verdammt gut aus. Später hatte ich den Verdacht, dass Tomke vorher mit ihm telefoniert hatte. Aber das war schwer zu beweisen.

„Aha, ihr sucht einen Manager. Ich will euch was sagen, Jungs, das ist clever von euch. Viele Bands begreifen das nicht. Die denken, die können alles alleine regeln. Aber ich sag euch, ab einen bestimmten Punkt braucht eine Band einen Manager. Allerdings ... zur Zeit ist das schwierig. Ich mach gerade schon drei Bands. Noch eine vierte Band dazu? Ich weiß nicht... Die anderen werden das nicht lustig finden, wenn ich meine Kräfte noch weiter verdünne, falls ihr wisst, was ich meine."

„Die üblichen Prozente plus zwei", sagte Tomke. Möwe machte wieder diese Bewegung mit dem Mund.

„Ich will dir was sagen, Bübchen, dabei geht es nicht um das Geld. Geld verätzt den Charakter. Alles, was ich tu, tu ich zu Ehren Gottes. Und mein Gott heißt Rock n' Roll."

„Ich weiß", sagte Tomke. Ich dachte, ich hör nicht richtig. Wie wollte er denn diesen schwiemeligen Schwachsinn vorausgewusst haben? Möwe rieb sich das Kinn und schaute aus dem Fenster.

„Es heißt, die Weiber reißen sich bei eurer Show die Röcke vom Leib."

„Die waren betrunken", erklärte Tomke.

„Nein, schon klar, aber was ist mit diesem Schlagzeuger? Habt ihr noch den Schlagzeuger?"

„Spiro? Woher kennst du den?"

„Willst du mich beleidigen, Kleiner? Woher ich den kenn? Ich hab dir gesagt, ich bin Manager. Ein Manager muss sich auskennen. Und darauf kannst du dich verlassen. Hier in der Szene kenne ich mich aus. Da kann mir keiner was erzählen."

„Ich weiß", sagte Tomke wieder, „deswegen kommen wir ja zu dir."

„Nicht schlecht, Kleiner, du schmierst mir Honig um den Bart, nicht schlecht." Bei der Bemerkung musste ich wieder auf seinen Gesichtsbewuchs gucken, was mancherlei Unbehagen in mir wachrief.

„Passt auf, Ladys, schreibt mir eure Nummer auf. Wenn ich es mir überlegt habe, rufe ich an. Mehr kann ich jetzt nicht versprechen."

Wir verließen den Laden und ich dachte, damit wäre das Kapitel „Möwe" gestorben. Aber eine Woche später rief er tatsächlich an und lud uns zu einem *meeting* ein. Wir warteten in der ‚Haferkiste', ungewiss, ob Möwe überhaupt erscheinen würde. Doch pünktlich auf die Minute kam er hereingestakst, eingehüllt in eine hellblaue Damensteppjacke. Bevor er zu uns an den Tisch kam, bestellte er bei Schnauzbart, dem Wirt, gleich mal zwei Runden Bier. Dann setzte er sich zu uns und ließ prüfend den Blick durch die Schankstube wandern. Dabei harkte er mit den Fingern durch seinen Bart, als wolle er irgendwelches Ungeziefer herauskämmen.

Nachdem Schnauzbart die Getränke angeliefert hatte, fragte Möwe uns, in welchen *locations* wir bisher gespielt hätten und für welche Gagen. Während wir Auskunft gaben, nickte er beständig und kritzelte auf einen winzigen Block, den er aus der Manteltasche gezogen hatte, allerlei Notizen oder vielleicht tat er nur so, um professionell rüberzukommen, lesen konnte man das Gekrakel nicht.

„Wenn ihr weiterkommen wollt", sagte er, „dann müsst ihr auf Tour gehen. Ihr müsst euch eine überregionale *fanbase* erspielen. In Süddeutschland vor allem. Da ist die Szene. Hier oben bei uns könnt ihr das vergessen. Hier ist nichts zu holen."

Tomke war sofort Feuer und Flamme. Auch ich fand die Idee nicht übel (obwohl sie bedeutete, dass ich für eine Weile von Inga getrennt sein würde). Ich stellte mir vor, wie wir im Bandbus sitzen, von *location* zu *location* fahren, die versonnenen Blicke auf die nächtliche Straße gerichtet, - wie in einem Jim-Jarmusch-Film oder so. Ich meine, gibt es eine verdammt noch mal coolere Existenzform, als mit einer Band auf Tour zu sein? Außerdem lief es zwischen Tomke und mir nicht so gut, seit wir eine Band waren. Vielleicht würde eine Tournee uns wieder näher zusammenbringen.

„Ich kann was für euch arrangieren. Kontakte hab ich mehr als genug, das könnt ihr mir glauben, Ladys", erklärte Möwe und bestellte noch eine Runde Bier.

Schnauzbart erschien sofort, um die leeren Gläser abzuräumen. Er wirkte weniger mürrisch als sonst, als spürte auch er die Aura von Autorität, die um Möwe herumwaberte. Ich wunderte mich darüber, denn sogar für „Haferkisten"-Verhältnisse sah Möwe ziemlich runtergekommen aus, und das ist ja wirklich ein großes Rätsel, warum man manchen Leuten sofort den Chef anmerkt und anderen sofort den Vasallen.

„Wie viel?", fragte Tomke.

„1000", antwortete Möwe, ohne nachzudenken. Tomke zog die Oberlippe hoch, wie manche Leute das machen, wenn sie niesen müssen. Der Gesichtsausdruck kam mir ganz neu an ihm vor.

„800", sagte er dann kaltblütig. Möwe streckte die Hand aus, Tomke schlug ein und damit war die Sache besiegelt. Möwe bestellte sofort die nächste Runde und erklärte bei der Gelegenheit, dass die Rechnung auf „die jungen Herren" gehe. Von unserer Seite gab es natürlich keinen Einspruch, man möchte bei einem solchen Anlass nicht kleinlich wirken.

Nun galt es, Consti und Spiro in ihre nächste Zukunft einzuweihen. Bei Spiro rechneten wir mit keinen Widerständen. Warum sollte er nicht wollen? Er hatte keinen Job, keine Freundin und sonst nichts. Ein paar Wochen Deutschlandtour mussten ihm wie ein Märchen vorkommen. Komplizierter lag der Fall bei Consti. Zum einen waren da seine Studienwünsche, zum anderen seine Eltern, die ihn altersunangemessen unter der Fuchtel hatten. Doch er zeigte sich ganz begeistert von den Plänen und wäre lieber heute als morgen aufgebrochen. Er bot sich sogar an, das Fahrzeugproblem zu lösen. Wir brauchten ja schließlich einen Bandbus. Das war genau genommen das kniffligste Problem, für das weit und breit keine Lösung in Sicht gewesen war.

„Wir nehmen das Wohnmobil", sagte Consti entschlossen.

„Im Ernst?", fragte Spiro, „meinst du, deine Eltern sind damit einverstanden?"

„Kein Problem. Sie haben gesagt, ich kann es jederzeit ausleihen, wenn ich möchte." Vielleicht hatten sie das wirklich einmal gesagt, aber ich konnte mir nicht vorstellen, dass ihr Angebot eine mehrwöchige Bandtour einschloss. Wir wagten nicht, nachzuhaken, denn wir ahnten, dass diese Lösung ein viel zu zerbrechliches Konstrukt war, um mit heiklen Fragen daran herumzurütteln.

Was die Liebe betraf: Meine Tage verliefen vorerst so, wie es nun mal ist, wenn man mit einen Mädchen geht. Inga und ich besuchten die Eisdiele oder das Kino. Wenn wir nebeneinander gingen oder standen, hielten wir Händchen. Wir hörten gemeinsam Musik. Wir lächelten ständig und wenn die Situation es zuließ, küssten wir uns, was - wie ich zugeben muss - eine Erektion von mindestens einer halben Stunde zur Folge hatte.

So war das auch an jenem Nachmittag, den ich hier besonders erwähnen möchte. Wir waren in meinem Zimmer, hörten Musik und küssten uns. Irgendwann musste ich aufs Klo. Das ärgerte mich, denn ein Klogang in diesem Moment bedeutete eine ziemlich lange Unterbrechung, weil ich einige Mühe aufbringen musste, um jetzt pinkeln zu können. Als ich zurück in mein Zimmer kam, blieb mein Herz stehen. Inga lag nackt auf meinem Bett und erwartete mich. Nackt. Inga Hansen nackt auf meinem Bett. Die Einzelheiten sind verschwommen, doch so viel ist sicher:

Ich hab mit Inga geschlafen. Ich. Mit Inga. Geschlafen.

Drei Tage lang war ich ausschließlich mit der Erinnerung daran beschäftigt. Beim Lesen, beim Fernsehen, beim Einkaufen, in der Schule, beim Essen, im Schlaf.

Von nun an sahen wir uns in jeder freien Minute. Wir waren ein Liebespaar wie aus dem Bilderbuch. Trotzdem blitzte eines Tages, es war der 27. März, um genau zu sein, ein Gedanke durch meinen Kopf, der eine fette Portion Selbstekel zur Folge hatte. Ich kann mich noch genau an das Datum erinnern, weil Inga an diesem Tag unser Jubiläum feiern wollte.

„Wir sind jetzt genau drei Monate ein Paar", erklärte sie und lud mich für den Abend zum Essen ein. Wir gingen in eine Pizzeria, die so eng und so voller Holz war, dass man sich wie im Bauch eines alten Segelschiffs fühlte. Es schien auch keinen elektrischen Strom zu geben, jedenfalls bestand die Beleuchtung ausschließlich aus den Kerzen, die überall auf den Tischen brannten. Vielleicht sagte sie deshalb:

„Wenn du mit deiner Band auf Tournee bist, werde ich jeden Abend eine Kerze ins Fenster stellen. Damit du zurück zu mir findest." Ich wollte zuerst sagen: ‚Der Bandbus hat ein Navi.' Ließ es aber bleiben, weil ich mir noch nicht völlig sicher war, wie es mit Ingas Humor stand.

Womöglich würde sie mir die Bemerkung übelnehmen, was ja auch verständlich wäre.

Mir war schon aufgefallen, dass Inga gern romantische Sachen äußerte, die man vielleicht für kitschig halten konnte, die auf jeden Fall mit der Erwartung verbunden waren, dass ich ebenfalls Romantisches äußerte. In diesem Fall antwortete ich, dass ich selbst dann zu ihr zurückkehren würde, wenn eine böse Stiefmutter sämtliche Fenster zumauerte. Sie lächelte mich verliebt an und bestellte bei dem Kellner, der sich angepirscht hatte, eine ganze Flasche Rotwein.

Später am Abend saßen wir in ihrem Zimmer und hörten Musik. Dabei schwiegen wir, obwohl das, was Ingas Musiksammlung vorstellte, so viel Aufmerksamkeit kaum rechtfertigte. In diesem Augenblick meldete sich der besagte hässliche Gedanke: Dass mit den langen Phasen der Zweisamkeit außerhalb des Bettes das bisschen Beischlaf ganz schön teuer erkauft war. Ich erschrak und machte mir ernste Vorwürfe. Schließlich war der Gedanke gemein und brachte überhaupt nicht zum Ausdruck, was ich für Inga fühlte.

Aufbruch

Offene Türen einzurennen, kann einem ganz schön die Laune vermiesen, wenn man angesichts seiner Zukunftspläne eigentlich Trauer oder wenigstens ein bisschen Bedauern erwartet hatte. Ich hatte überlegt, wie ich meinen Eltern schonend beibringen könnte, dass ich sie - immerhin für mehrere Wochen - verlassen müsste. Wie sich herausstellte, war ich von falschen Voraussetzungen ausgegangen.

Es war zufällig der erste April, als ich ankündigte, das Abendessen zuzubereiten, so dass meine Mutter lediglich müde lächelte. Ich beteuerte, dass es absolut mein Ernst sei, und als ich sie endlich überzeugt hatte, sagte sie:

„Oha, da muss ja was im Busch sein."

„Wieso im Busch sein? Ich kann doch wohl mal meiner Familie was kochen, ohne dass gleich was im Busch sein muss", sagte ich.

„Schon gut", antwortete meine Mutter, bohrte aber trotzdem weiter:

„Was soll es denn geben?"

„Hühnerfrikassee", antwortete ich prompt. Ich hatte mich in der Kühltruhe schon erkundigt, welche Packungen noch im Vorrat waren. Meine Mutter zog die Augenbrauen hoch.

„Hühnerfrikassee?", fragte sie.

„Klar", sagte ich und verließ die Küche in dem guten Gefühl, an diesem Tag die zweite Überraschung gelandet zu haben. Die dritte Bombe würde ich dann bei dem von mir zubereiteten Abendessen platzen lassen.

Herstellern von Hühnerfrikassee wird bekannt sein, dass zu dem Gericht gemeinhin Reis gereicht wird, was für den Aus- und Aufdruck „Fertigmenü" gewisse Konsequenzen aufzeigen sollte. Die Hersteller von Kartoffelsalat erwarten ja auch nicht, dass ich ihrem Salat noch die Kartoffeln hinzufüge. Meine Eltern sagten nichts, aber meine Schwester konnte es sich nicht verkneifen:

„Hast du den Reis vergessen?"

„Wieso ich? Das ist ein verdammtes Fertigmenü", sagte ich. Selbst meiner Schwester war klar, dass die Ausrede ziemlich lahm war. Bevor der Erfolg meines Abendessens weiter in Zweifel gezogen werden konnte, wechselte ich das Thema:

„Ich muss euch etwas mitteilen."

„Oha, jetzt kommt es", sagte meine Mutter. Ich überging das und eröffnete ihnen, dass ich sie für geraume Zeit verlassen müsse, weil ich mit meiner (!) Band auf Deutschlandtour sein werde. Es kamen die zu erwartenden Fragen:

„Wie meinst du das?"

„Wann?"

„Wie lange?"

„Wohin?"

Ich antwortete bereitwillig und rückblickend kann ich in meiner Redeweise eine gewisse Gönnerhaftigkeit erkennen. Dann fing die Stimmung an zu kippen.

„Krieg ich sein Zimmer?", fragte meine Schwester, was ich ja verstehen konnte. Mit solchen Begehrlichkeiten hatte ich fast gerechnet. Doch meine Mutter, anstatt das gierige Fingerausstrecken, brüsk zurückzuweisen, antwortete:

„Na ja, wir werden sehen." Wir werden sehen?

„Es freut mich", sagte mein Vater, „dass du was auf eigene Faust versuchst." Es freute ihn?

„Es ist nicht ganz das, was wir uns erhofft hatten. Aber wenn es unbedingt die Musik sein soll ... Vielleicht sind wir zu konservativ und altmodisch mit unserem Sicherheitsdenken. Das darfst du uns nicht übelnehmen. So sind Eltern nun einmal." Nein, das verübelte ich ihnen auch nicht. Aber diese Eltern-Kind-Abnabelungssache nahmen sie ganz schön auf die leichte Schulter. Ich gebe zu: Es verstimmte mich. Wo ich Trauer oder Bedauern erwartet hatte, spürte ich so etwas wie aufatmende Gleichgültigkeit. Ich fragte mich, ob sie meine Bemühungen um das Abendessen eigentlich verdient hatten.

Einen Monat später war all das vergessen. Wir (also die Mitglieder von ‚Sojus') saßen in unserem Bandbus und passierten das Ortsschild. „Turn it up, play it loud, let them hear you in the street. Turn is up, play it loud, kick the neighbour in the teeth", klang es aus den Boxen. Durch unsere Nervenstränge tanzte pures, lauteres

Glückglückglückglück. Hinten in den Staufächern ruhten Proviant für zahllose Tage, Bier und unser Equipment und vor uns lagen nichts als Freiheit, Rock n Roll und der verheißungsvolle Asphalt der B 404. Der Mai segnete unsere Fahrt mit einem knallblauen Frühlingshimmel. Der Tank war voll und Sonnenbrillen hatten wir auch. Aber die lagen im Handschuhfach, weil wir vor Besoffenheit vergessen hatten, sie aufzusetzen.

Gern würde ich diesem Augenblick mit noch mehr Sätzen huldigen. Wenn es was nützen würde. Das Gefühl lässt sich ohnehin nicht schildern. Eher könnte man einen Song darüber schreiben. Und auch das würde nicht wirklich gelingen, denn auch ein Song wird erst hinterher geschrieben, wenn der Augenblick vorbei ist. Und das würde unvermeidlich in dem Song mitklingen: dass der Augenblick vorbei ist. Und wenn ich es mir recht überlege, ist das überhaupt erst der perfekte Song: Der das totale Glück ausdrückt und hinter jedem Ton hört man außerdem die Melancholie der Vergänglichkeit.

Ich sollte vielleicht nicht philosophisch werden, aber das musste jetzt raus, denn wenn man so sitzt und schreibt und endlich mal den Bus für sich allein hat, weil die anderen sich irgendwo rumtreiben - Hauptsache man geht sich für eine Weile aus dem Weg - dann wandern einem die sonderbarsten Gedanken durch den Kopf.

Ich hab bisher ‚Bandbus' gesagt. Was bedeutet das? Das Ding ist ein Wohnmobil, mit Gardinen an den Fenstern und mit ausfahrbarer Markise. Außerdem gehört das Wohnmobil nicht Consti, sondern seinen Eltern. Er hat es nur ausgeliehen.

Nach drei Stunden Fahrt bog Consti auf einen Parkplatz ein und schaltete die Musik aus.

„Da ist noch was", sagte er, während er den Blick auf den grünen Müllkorb geheftet hielt, der neben der Parkbucht stand, „meine Eltern wissen nichts von der Sache." Wir schwiegen eine Weile, bis Tomke sich aufraffte, um sich der Botschaft zu stellen.

„Mit der ‚Sache' meinst du die Tour." Consti nickte.

„Dann hast du den Wagen... quasi geklaut." Diesmal sparte Consti sich das Nicken. Wir schwiegen wieder und ich versuchte, die Bedeutung seiner Mitteilung abzuschätzen. Zuerst dachte ich an die Folgen für Consti, dann, ob man als Mitwisser angeklagt werden konnte, und schließlich wurde mir klar, dass ich bis eben nicht einmal Mitwisser gewesen war. Tomke und Spiro waren wohl zu ähnlichen Überlegungen gekommen. Die Stimmung, obwohl niemand etwas sagte, richtete sich spürbar gegen Consti.

„Sie werden schon nicht gleich zur Polizei rennen", sagte er.

„Kann sein", antwortete Tomke, „auf jeden Fall ist das eine schöne Scheiße, die du uns einbrockst."

„Ich weiß. Anders wär's aber nicht gegangen."

„Du hättest uns einweihen können."

„Ich wollte euch nicht mit dem Mist belasten."

„Aber jetzt tust du es doch."

„Ja", antwortete Consti, „ich dachte, es wäre nicht fair, euch was vorzumachen." Wieder schwiegen wir und das Schweigen blähte sich auf wie ein Ballon. Sollten wir umkehren? Wenn jetzt einer in den Ballon gepiekt hätte, wäre er uns um die Ohren geflogen und ich weiß nicht, was wir dann getan hätten. Ob wir tatsächlich umgekehrt wären. Hat aber keiner was gesagt. Zumindest nichts in diese Richtung. Stattdessen fing nun Spiro an:

„Hey, kommt schon, wie cool ist das denn! Wir sind mit ei'm geklauten Auto unterwegs. Das ist echt Rock n Roll. Stellt euch vor, wenn später ma' so'n Journalistenfuzzi unsere Bandgeschichte schreibt. Das ist doch gleich eine hammer Story. Überschrift: ‚Erste Tournee im geklauten Bandbus'." Spiro ist schon immer der Lockerste von uns gewesen und außerdem war er bereits heftig betrunken. Er hatte „zur Feier des Tages" eine Flasche Whiskey auf- gemacht und die bereits zur Hälfte geschafft.

Eine Stunde später waren wir bei unserer ersten *location* angekommen, irgendwo bei Schwerin. Ein Landgasthof oder wie man das nennt mit einem Saal, in dem häufiger Bands spielen. Es gibt eine richtige Bühne mit Beleuch- tung, so dass wir unsere Scheinwerfer nicht aufbauen mussten, und gegenüber eine Art Loge für das Mischpult. Möwe hatte telefonisch mit dem Wirt eine feste Gage ver- einbart, deswegen war es uns ja egal, aber natürlich ist es toll, wenn hundert Leute da sind. Hundert! Es gibt genug Bands, die vor weniger als fünf spielen. Tomke meinte, dass unsere Bekanntheit weiter reicht, als wir dächten. Da ich keine andere Erklärung hatte, gab ich ihm recht. Vielleicht erlitt er auch nur einen Anflug von Größenwahn, wie es bei Rockstars vorkommt.
Der Auftritt verlief planmäßig, fast würde ich sagen... ja, was würde ich sagen? Eigentlich fehlt mir das passende Wort. Es müsste eine Mischung sein aus „knackig",

„abgehangen", „berührend" und „präzise". Dass alles glatt lief, lag unter anderem an der schon erwähnten Beleuchtungsfrage. Unsere Scheinwerfereinheit, das wussten wir bereits, ließ häufig die Sicherungen rausknallen. Dann ist es nicht nur schlagartig dunkel (in der Regel hängt die Saalbeleuchtung an derselben Sicherung), sondern auch still, wenn man vom Gerappel des Schlagzeugs absieht, das sich als einziges Instrument ganz schön verloren anhören kann. Aber nicht lange, dann macht sich das Publikum bemerkbar, die stehen nicht auf solche Unterbrechungen. Wenn richtig rabiate Leute dabei sind, dann fliegen auch mal Flaschen auf die Bühne, was ich irgendwie ungerecht finde, denn was kann die Band dafür, dass der Veranstalter kein belastbares Stromnetz im Haus hat?

Die eine Unwägbarkeit ist der Strom, die andere ist Spiro. Ein Stromausfall kann eine Band aus dem *flow* bringen, ein Drummer, der von seinem Hocker fällt oder zwischendurch vergisst, in welchem Song wir sind, kann das erst recht. Und die rabiaten Jungs, die sich über Stromausfall aufregen, finden auch einen betrunkenen Trommler nicht lustig, die finden nie etwas lustig, die kennen nur wütend-sein. Ich verstehe nicht, warum die ins Konzert und nicht zum Fußball gehen.

An diesem Abend war Spiro eine Sensation. Er hatte den Rest der Fahrt geschlafen und befand sich nun in Bestform. Er allein wäre den Eintritt wert gewesen. Die Leute applaudierten und waren überhaupt sehr freundlich, von Rabiatem weit und breit nichts zu spüren. Mehr möchte ich über den Auftritt nicht sagen. Wer eine genaue und lebendige Schilderung unserer *performance* erwartet hat, den muss ich jetzt und auch für die folgenden Auftritte enttäuschen. Da gibt es nichts zu erzählen. Man geht auf die Bühne, spielt die Songs und bedankt sich am Schluss und das Publikum steht rum, hört zu und liefert Beifall. So viel also zu diesem und zu den folgenden Auftritten. Bei einem Auftritt geht es schließlich um Musik, und die kann man nicht erzählen.

Hinterher saßen wir noch mit ein paar Gästen in der Schankstube, ließen uns gut finden und tranken Bier. Gegen drei Uhr früh hatten wir abgebaut und lagen eingemummelt in Selbstzufriedenheit in unseren Betten. Plötzlich rappelte es an der Tür.

„Groupies", flüsterte Spiro in fassungslosem Glück. Aber die waren es nicht, sondern der Wirt, der sein kahl werdendes Haupt durch die Tür streckte.

„Ihr könnt hier nicht campen. Das ist verboten. Ist ja auch ein Park- und kein Campingplatz."

„Was sollen wir denn machen?", fragte Tomke, „von uns kann keiner mehr fahren."

„Na ja", antwortete der Wirt. Ich nehme an, er rieb sich dabei nachdenklich die Stirn.

„Ihr könnt im Gasthof übernachten. Kostet aber was."

Wir zogen uns also etwas über und folgten dem Wirt, der uns mit vier Einzelzimmern verwöhnte. Als ich allein war, krabbelte ich sofort ins Bett. Die Matratze war fast ohne Mulde und das Bettzeug roch nach Weichspüler. Ich war schon fast eingeschlafen, als mein Handy piepte. Eine SMS von Inga: „Alles ist, wie du in deinem Herzen fülst.

Du bist der Meister Deines lebens."

Morgen würde ich antworten. Jetzt war ich zu müde. Müde von einem großartigen Tag. Zwar kostete die Übernachtung mit Frühstück mehr, als wir an Gage bekommen hatten. Das machte uns jedoch keine Sorgen. Warum auch? Es war der erste Abend gewesen und die Welle des Erfolgs spülte uns weit fort von jeder Knausrigkeit.

Erstes Kapitel

Ich muss jetzt einen Sprung machen von Anfang Mai bis zum zwanzigsten, das ist der Tag, an dem das mit Martin Mordsen passierte. Der Leser wird sich erinnern, dass uns der Zusammenstoß mit dem Zimmermann 220,- Euro gekostet hat und dass die Bandkasse mehr auch nicht hergab. Das waren nicht die gesamten Einnahmen unserer Tour, denn nicht die gesamte Gage wanderte in die Bandkasse, sondern jeder erhielt außerdem einen eigenen Anteil. Dennoch kann man nicht sagen, dass wir Mordsen übers Ohr gehauen hätten. Wir hatten wirklich nicht mehr Geld bei uns. Unsere privaten Einkünfte investieren wir postwendend in Getränke und manchmal in Frauen. Ich meine keine Prostituierten, sondern „normale" Frauen. Aber die kommen einen unterm Strich sogar teurer als Prostituierte. „Unterm Strich" war jetzt ein unbeabsichtigter Kalauer. Ich lass das jedoch so stehen, weil - eigentlich finde ich es ganz lustig. Aber was ich sagen wollte: Vor allem kommt es beim Kontakt mit „normalen" Frauen nicht so zwangsläufig zum Sex wie bei Prostituierten. Wenn ich mir das recht überlege, ist es ziemlich absurd, weil es doch im Grunde immer darum geht, die Frau ins Bett zu manövrieren. Ins Bordell zu gehen, wäre also im Endeffekt viel unkomplizierter und billiger. Aber... nein, ich werde wohl auch in Zukunft nicht zu einer Professionellen gehen. Ich meine, das ist schließlich sexistisch und irgendwie geht es ja auch beim Sex um Liebe.

Wenn jemand die Nase rümpft, weil ich, wo doch von einer musikalischen Tournee die Rede sein soll, mit Liebe und Sex anfange, dann möchte ich ernsthaft mal anmerken, wie beherrschend diese beiden Dinge nach ein paar Wochen werden. Vier Männer in einem Wohnmobil. Man male sich aus, wieviel Möglichkeiten dem Einzelnen bleiben. Ich werde gleich auf das Thema zurückkommen.

Aus der Bandkasse bezahlen wir Diesel, Klopapier, Essen, Bier, Gitarrensaiten und weiteren Kleinkram. Vor allem aber soll die Bandkasse das Sparkonto für Möwe sein. 800 Euro! 800 Euro schulden wir ihm. Und jetzt - nach über drei Wochen - ist der Bandkassenstand auf Null. Ich lag also, um die Situation des ersten Kapitels in Erinnerung zu rufen, in meiner Koje und machte mir genau darüber Gedanken. Über die Bandkasse. Über meinen Status in der Band. Über mich als finanziellen Faktor. Keine Frage, ohne mich sind die anderen besser dran. Es wäre mehr Geld übrig. Und in musikalischer Hinsicht ist mein Wegfall zu verkraften. Man würde nicht viel vermissen. Sicher, es würde insgesamt etwas dünner klingen. Aber die Leute, die uns hören werden, wissen ja nicht, wie wir bisher geklungen haben. Sie werden GAR NICHTS vermissen. Ich lag auf dem Rücken und starrte gegen die Decke des Wohnmobils, wo ich deutlich das Damoklesschwert meiner Demission baumeln sah. Es war also an der Zeit, über Alternativen nachzudenken.

Eine Lehrstelle mit einem daraus resultierenden Brotberuf schlug ich mir sofort aus dem Kopf. Ein solches Leben war inzwischen zu eng und mickrig für mich geworden. Eher schon sah ich mich als Studenten in einer winzigen

Studentenbude sitzen, die nur mir, mir ganz allein gehörte, vertieft in irgendwelche Bücher,- wie Faust in seinem Studierzimmer. Doch das Bild wollte keine Prägnanz gewinnen, denn was sollten das für Bücher sein? So sehr ich auch in meinem Gedächtnis kramte, ich konnte mich nicht erinnern, bestimmte Interessen besessen zu haben oder erst recht zu besitzen, die durch ein Studium zu veredeln wären. Schließlich beschloss ich, Schriftsteller zu werden. Das hat künstlerisches Flair und man ist nicht in einen Acht-Stunden-Tag eingepfercht.

Jetzt also, nach mehreren Kapiteln, bin ich endlich am Anfang angelangt. Vielleicht hätte ich mit diesem Entschluss anfangen sollen, denn der geht allem voraus. Andererseits lieferte, wie ich angedeutet hatte, Martin Mordsen den Anstoß zu dem Entschluss. Zwei Anfänge, die einander hervorbringen. Leider muss ich eine Pause machen, weil jemand - ich tippe auf Tomke - hereinkommt und bevor er mich fragt, was ich da immer zu schreiben habe, stecke ich das Heft lieber weg und warte auf die nächste Gelegenheit.

Es war tatsächlich Tomke und deshalb frage ich mich, ob „Ich beschloss, Schriftsteller zu werden" ein guter Satz ist. Tomke würde sagen: „Ich *bin* Schriftsteller" (in seinem Fall natürlich „Musiker" und nicht „Schriftsteller"). Solche Formulierungsfragen sind keine Haarspaltereien, sondern von entscheidender Wichtigkeit, würde Tomke sagen. Vielleicht hat er Recht. Obwohl ich jetzt Schriftsteller bin, habe ich keine Ahnung von diesen Dingen. Ich weiß nicht einmal, wovon ich eigentlich schreiben will. Zugegeben, ein paar Kapitel sind schon auf dem Papier. Aber das geschah ohne Vorsatz, mehr so aufs Geratewohl.

Dabei fällt mir ein, dass ich vorhin ein paar Wochen großzügig übersprungen hatte und dass es doch etwas gibt, das zu erzählen lohnt, weil es erklärt, warum trotz aller Starteuphorie die Stimmung in der ersten Woche manchmal auch Schrammen abbekam. Überhaupt ist die erste Woche, nein, nicht die schlimmste, das wäre eine glatte Lüge, aber auch sie hat ihre Tücken. Man muss sich nämlich erst einmal einleben in die neuen Umstände und sich an die neue „Familie" gewöhnen. Da ist zum Beispiel die Frage, wer welche Aufgaben übernimmt, und da wir viel auf der Straße unterwegs sind, war klar, dass wir uns alle mit dem Fahren abwechseln. Als Spiro dran sein sollte, sagte er:

„Das wird nicht gehen." Wir dachten sofort, dass er wieder betrunken war, und Tomke wurde schon blass vor Wut. Doch Spiro erklärte:

„Ich habe keinen Führerschein." Er stocherte mit einem Holzpiekser in seinen Pommes rum - wir machten gerade Rast an einem Imbiss - und verrührte den Ketchup mit der Mayo, bis es aussah wie blutiger Eiter.

„Du hattest doch mal ein Auto, denk ich", sagte Tomke. Spiro machte ein leidiges Gesicht, während er an uns vorbei in die Luft guckte.

„Ja, klar. Der Führerschein, das war so ein Ding auf Probe. Und dann hab ich es irgendwie verpennt, zur Abschlussprüfung zu gehen. Na ja, und als der Führerschein... also ich mein, dieser Probeführerschein abgelaufen war, hab ich ihn weggeschmissen."

„So einen Führerschein gibt es gar nicht", erklärte Consti. Im gleichen Tonfall hätte er auch sagen können: „Die Pommes schmecken scheiße." Und darüber stürzt sich keiner in eine Diskussion. Aber Spiro wollte den Einwand nicht gelten lassen.

„Doch, das war eine Sonderaktion von der Fahrschule. Nur für kurze Zeit. Heute machen die das nicht mehr." Ich kann es verstehen, dass Spiro nicht einfach zugeben mochte, dass er gelogen hatte. Sowas ist ja immer peinlich. Und nun war er gleich dreifach aufgeflogen: Als Lügner, als jemand ohne Führerschein und weil er vorher davon nichts gesagt hatte. Tomke fing an von „Vertrauen" zu dozieren, was die Situation nicht angenehmer machte. Er bugsierte die Anklage damit auf so ein grundsätzliches Level. Außerdem hatte Tomke Unrecht, von Vertrauen zu reden, denn Vertrauen ist eine Art Kredit und Kredit kommt von ‚credere'. Das ist lateinisch und heißt ‚glauben'. Wenn man so eng zusammenlebt wie wir vier in dem Bandbus, dann gibt es kein ‚glauben', dann ist immer alles sofort ‚wissen'. Das ist oft mehr, als man wissen *möchte*, und es ist bedauerlich, dass man keinen Spielraum fürs Glauben hat. Da sind zum Beispiel die Dinge, die man im Badezimmer macht und von denen man nicht möchte, dass die anderen das mitkriegen, und von denen man absolut sicher sein kann, dass die anderen sie auch machen, und zwar in demselben Badezimmer. Wobei ‚Badezimmer' völlig übertrieben ist. ‚Nasszelle', glaub ich, nennt man das.

61

Jetzt stocherten und rührten wir alle schweigend in unseren Pommes, was nicht nur an der Führerschein-Sache lag, sondern auch an den Pommes selbst. Innen drin waren sie noch kalt und die äußere Schicht schmeckte nach ranzigem Fett.

„Das sind die widerlichsten Pommes meines Lebens", sagte Consti. Es klang nicht so, aber er wollte wohl was zur Stimmungsaufheiterung beitragen.

„Das ist das widerlichste *Essen* meines Lebens", fügte Tomke hinzu. Wir grinsten und jeder steckte sich einen der gescholtenen Kartoffelquader in den Mund. Es hatte was von diesem Verbrüderungs-Ding, wie wenn man gemeinsam einen Schnaps runterkippt. „Wie wenn" ist, glaub ich, kein guter Stil, aber treffender hab ich den Satz nicht hinbekommen.

„Wir müssen anfangen, selbst zu kochen", sagte Tomke, „das ist gesünder und auch billiger. Schließlich hat der Bandbus eine Küche und wir haben für den Herd eine neue Gasflasche gekauft." Die Aufgabe der Essenzubereitung hatten wir, wie man sich denken kann, noch nicht verteilt. Es meldete sich auch niemand freiwillig.

„Du kannst doch kochen", sagte Tomke und als ich von meinen Pommes aufschaute, sah ich, dass er mich meinte.

„Ich?"

„Ja, Hühnersuppe oder so." Ich hatte wohl mal etwas von dem Abendessen fallen lassen und wenn man mit Tomke befreundet ist, dann lernt man, dass jede Äußerung das Zeug dazu hat, sich als Fehler zu entpuppen.

„Frikassee", wandte ich ein.

„Aha, da spricht der Fachmann", antwortete er. Und die Schlinge zog sich zu.

„Ich kann es ja versuchen." Mit den Worten fügte ich mich in mein Schicksal und irgendwie war es ja auch richtig so, denn immerhin konnte ich auf einige Küchenerfahrungen zurückgreifen. Die anderen Tölpel würden bei dem Versuch, Hühnerfrikassee zuzubereiten, doch unausweichlich in die Reis-Falle tappen.

Sex

Wie angekündigt komme ich jetzt zum Thema ‚Sex‘. Ich könnte auch sagen ‚Liebe‘, denn der Unterschied ist viel geringer, als die Leute denken. Um alle Irrtümer auszurotten, werde ich nun genau das über das Thema sagen, was es überhaupt zu sagen gibt.

Wenn man von Sex redet, kann man ihn in drei Phasen einteilen. Die praktische Erfahrung eines Dreizehnjährigen mit Sex beschränkt sich in der Regel auf Sex mit sich selbst. Dennoch redet er gern drüber, insbesondere kann ich mich an eine Schulhofunterhaltung erinnern, die ich mit meinen damaligen Klassenkameraden führte. Der Wortführer war Lenny, ein Junge, der als Sitzenbleiber in unsere Klasse gekommen war und den ich nicht besonders leiden konnte. Er mich auch nicht, was hier jedoch keine Rolle spielt.

Wir standen in der Nähe des „Schulwalds“, das war eine Gruppe von sieben Laubbäumen, die wir im Biologieunterricht mal hatten auswendig lernen müssen, deren Namen ich aber wieder vergessen habe. Interessanter war dagegen der Aufklärungsunterricht, zumindest am Anfang, bis er sich dann doch als eine reichlich technische Betrachtung der Angelegenheit erwies. „Wenn man den Penis in die Scheide einführt, kommt es zu einer Beschädigung des sogenannten Jungfernhäutchens, was in der Regel zu einer Blutung führen kann." Solche Sätze eben, wobei wir den noch lustig fanden wegen „in der Regel" und „Blutung". Die Mädchen demonstrierten ihre

Überlegenheit durch Augen-Rollen, was ich auch verstehen kann, denn sie haben naturgemäß eine viel tiefere Beziehung zu dem Thema. Und wir eben nicht. Was bleibt einem mit dreizehn also übrig, als blöde Witze zu machen?

Als wir nun bei dem Wäldchen standen, behauptete Lenny:

„Bei Mädchen ist das ‚masturbieren' und ‚onanieren' ist das bei Jungen." Er brachte das mit der Autorität des Sitzenbleibers. Ich weiß bis heute nicht, ob es stimmt. Merkwürdigerweise habe ich nie nachgeschlagen. Die Frage, ob es einen Unterschied zwischen den Wörtern gibt, ist die ganze Zeit in mir als Rätsel lebendig geblieben. Es bildet sozusagen eine Stelle, die von Zeit zu Zeit anfängt zu jucken, und dann denke ich automatisch an Lenny. Ich muss nur eines der Wörter hören oder lesen und zack, steht mir Lennys Gesicht vor Augen. Es reicht schon, wenn einer ‚Selbstbefriedigung' sagt. Und wenn mal wieder Zeit ist für was Pornographisches im Internet, muss ich aufpassen, dass nicht eine Frau auftaucht, die an sich selbst rumspielt. Sonst: Zack und Lenny ist da.

„Schiller hat einen braunen Piller", sagte Kröger (seinen Vornamen hab ich vergessen). Der Spruch war ein running gag, dessen Pointe darin bestand, dass er das Adjektiv ständig variierte: dick (wenn die übergewichtige Magdalena mit ihrer Glasbausteinbrille vorbeihoppelte), kurz (als die an Zwergwuchs grenzende Referendarin Dinghalz erstmals die Schwelle zu unserem Klassenraum überstieg), genoppt (während er ein entsprechendes

Kondom über den Daumen in den Physikraum abschoss), wabbelig (als er die Alufolie von einem Becher Wackelpudding riss und der Pudding samt Soße in seinem Schoß landete), blutig (als es hieß, zwischen Magdalenas Beinen sei ein Fleck gesehen worden) und heute eben braun (womit er auf eine Analsexgeschichte anspielte, mit der er während der Biostunde zum Thema Homosexualität seine Sitznachbarn angewidert hatte).

Um noch einmal auf die spröde Sprache aus dem Biounterricht zurückzukommen: Natürlich sagte keiner von uns „Penis" oder „Scheide" und es sagte auch keiner „onanieren" oder meinetwegen „masturbieren". Die Sprache bietet da ganz andere und oft sehr bildhafte Ausdrücke und um diesen Sprachreichtum zu diskutieren, standen wir bei den sieben Laubbäumen. Wir suchten nach dem Ausdruck, der für die Tätigkeit der treffendste wäre.

„Sich einen von der Palme wedeln", schlug Ole vor, womit er einigen Beifall ernten konnte.

„Wedeln?", sagte Kröger, „dieses (er machte die Bewegung) ist doch kein Wedeln!"

„Dann eben ‚einen von der Palme hobeln'", erwiderte Ole.

„Ne, ‚Palme' ist mit ‚wedeln', sonst passt es nich mehr ", sagte Kröger. Da musste ich ihm Recht geben. Ich blinzelte kurz zu Lenny rüber, der bisher geschwiegen hatte. Sein Gesicht verriet mir, dass er noch was in der Hinterhand hatte, mit dem er groß rauszukommen hoffte. Als keiner mehr mit einem weiteren Beitrag rechnete, sagte er plötzlich:

„Den Molch würgen." Es entstand eine kurze Pause, bevor sich die Zustimmung Bahn brach. Es versteht sich, dass er damit den Sieg davontrug. Den Molch würgen. Nur drei Wörter, aber das Bild trifft ins Schwarze. Damit hatte sich in meinem Kopf eine weitere Verbindung zu Lenny etabliert, die mehrmals die Woche ihre Gültigkeit beweist.

Die nächste Phase - zwei Jahre später - begann mit Hilke. Das besondere an Hilke war: Sie war daran interessiert, mit mir Zungenkuss zu machen. Das deutete sich während einer Party an, die ein Freund in seinem Gartenhäuschen ausrichtete. Damit meine ich natürlich im Gartenhäuschen seiner Eltern, denn mit fünfzehn hat man vielleicht erste Erfahrungen mit Zungenküssen (oder steht wenigstens kurz davor), aber mit Sicherheit besitzt man kein Gartenhäuschen.

Irgendwann saßen Hilke und ich auf einer Bank unter den Zweigen eines Heckenbuschs oder sowas (ich bin, wie gesagt, in Botanik nicht sehr bewandert) und tranken aus einem Glas. Sie machte allerlei Andeutungen und leckte sich auf bedeutungsvolle Weise die Lippen. Ich liebte sie also schon aus lauter vorauseilender Dankbarkeit und freute mich auf den Moment des Küssens. Als wir meinten, dass die Zeit reif sei, schoben wir uns noch dichter zusammen, drehten die Köpfe und unsere Münder näherten einander. Hilke vollführte mit der Zunge eine Art Triller, also nicht vor und zurück, was an einen Specht erinnert hätte, sondern hoch und runter (was mich erst später, als ich diese Bewegung vor dem Spiegel mit meiner Zunge nachzuahmen versuchte, einigermaßen verwunderte). Durch die schnelle Bewegung war die Zunge quasi einem Fahrtwind ausgesetzt, so dass sie ganz trocken wurde und an ein Stück Gummi erinnerte. Ich hatte mir das Zungenküssen viel glibschiger, also viel geiler vorgestellt. Wenn ich ehrlich bin, verlor ich schnell das Interesse am Zungenküssen (zumindest mit Hilke), aber da ich mich ja nun in sie verliebt hatte, blieb nichts anderes übrig, als durchzuhalten. Von Zeit zu Zeit bog sie den Kopf zurück und lächelte mich mit so Blicken an, denen ich ziemlich hilflos gegenüberstand. Dann brachte sie den Kopf wieder nach vorn und das Zungewackeln fing wieder an. Das ging so einige Minuten. Also als Paar waren wir noch ziemlich frisch, das war der eine Punkt, und der andere Punkt war, dass ich im Zungenküssen totaler Novize war. Und wie gesagt, ich war Hilke ja im Grunde wahnsinnig dankbar. Wie hätte ich ihr also in diesem Moment mitteilen sollen, dass sie nicht gut küsst? Dass sie sogar lausig küsst? Ja, ich hätte es irgendwie schonend rüberbringen können. Aber im Kern wäre die Botschaft dieselbe geblieben.

Als ich später im Bett lag und die Erinnerung an meine ersten Zungenküsse zur Unterstützung des Molchwürgens verwenden wollte, quittierte der Molch sozusagen den Dienst. Ich fand das jetzt ein bisschen übertrieben. Aber es half ja nichts. Ich lag also noch eine Weile reglos wach und erträumte mir, dass es mit Hilke auf Dauer schon besser werden würde. Ich würde sanft auf sie einwirken und sie unbemerkt zu einer glänzenden Küsserin nach meinem Gusto machen.

Doch der trockene Zungentriller blieb. Auf meine zärtlichen Impulse, die ich mittels Zunge und sogar Zähnen einzubringen versuchte, reagierte sie gar nicht. Das Auf und Ab ihres Zungengummis blieb unverändert, als würde man einen Aufziehapparat küssen.

Drei Monate später hatte sich unser Umgang normalisiert. Ich will sagen, wir hatten die Phase verlassen, in der man jedes Mal so tut, als sei der andere das wunderbarste Wesen des Universums. Man sagte auch mal Genervtes oder am Horizont dämmerte die Möglichkeit eines Streits herauf. Auf jeden Fall schien mir das Fundament unseres Miteinander-Gehens so weit gefestigt, dass ich meinte, das Küssthema behutsam antupfen zu dürfen.

„Wackel doch nicht so mit der Zunge", sagte ich, als es mal wieder zum Küssen kam.

„Wieso wackeln?", fragte Hilke, „was meinst du mit wackeln? Ich küss doch ganz normal."

„Ja, du wackelst immer so mit der Zunge."

„Immer?"

„Ja, immer. So." (Ich machte es ihr so gut vor, wie ich es nach meinen Übungen vor dem Spiegel hinbekam.)

„So mach ich überhaupt nicht", behauptete sie (als hätte sie das Aussehen ihres Zungenwackelns schon mal vor dem Spiegel überprüft!), „das sieht total bescheuert aus."

„Na ja, so ähnlich", versuchte ich einzulenken, denn Hilke wurde spürbar sauer.

„Passt dir nicht, wie ich küss?", fragte sie jetzt ganz direkt.

„Na ja", antwortete ich wieder, ohne zu wissen, wie ich fortsetzen sollte.

„Was passt dir daran nicht?", fragte sie, während sie die Arme verschränkte, was als Geste ganz schön ruppig rüberkommen kann.

„Ich finde es halt nicht ganz so schön." Hilke lief rot an. Gleich würde sie platzen.

„Ich meine, vielleicht sollten wir mal irgendwie an unserer Kusstechnik arbeiten", ergänzte ich, um etwas die Schärfe aus meiner letzten Äußerung zu nehmen.

„Du findest es nicht schön?", zischte Hilke.

„Na ja, für meinen Geschmack kann ich ja nichts. Da musst du nicht sauer werden."

„Du findest es nicht schön?", schrie sie, „und das erzählst du mir jetzt? Seit drei Monaten küssen wir uns und jetzt sagst du, dass du es gar nicht schön findest."

Doch, ich fände es schon schön, wand ich ein, „ich meine ja nur, dass wir es vielleicht noch schöner hinkriegen."

„Du Arsch!", schrie Hilke. Sie regte sich immer mehr auf und hörte mir offenbar gar nicht zu.

„Du bist so ein Arsch. Und ich hatte ernsthaft überlegt, ob ich irgendwann mit dir schlafen sollte. Mein Gott! Wie gut, dass ich jetzt weiß, was du für ein Arsch bist." Sie erklärte unsere Liebesbeziehung für definitiv beendet und zog mit wütenden Schritten ab.

Um die Niederlage zu verkraften, lief ich am nächsten Tag in die Stadtbücherei. Hier standen die coolen Jungs, die genau wussten, wie das mit den Tiefschlägen des Lebens lief: Salinger, Jack Kerouac, Glavinic, Herrendorf. Die würden irgendeine morbide Version von Trost für mich bereithalten. Als ich fündig geworden war, ging ich zur Ausleihe. Dort stopfte gerade die pummelige Magdalena ihre Beute in einen beuligen Lederrucksack unbestimmter Farbe. Für eine Mikrosekunde zuckte ihr dick bebrillter Blick zu mir rüber. Sie tat so, als hätte sie mich nicht erkannt. Immerhin hatten wir uns ja auch eine Weile nicht gesehen. Bald nach der Sache mit dem Liebesbrief hatte sie die Schule gewechselt, glaub ich. Dann bemerkte ich, was sie da in ihrem Rucksack verstaute: Salinger, Kerouac und etwas von einem Kracht. Ich überlegte kurz, ob ich sie ansprechen sollte, aber erst, als sie schon verschwunden war. Ich erwähne die Begegnung eigentlich auch nur, weil Magdalenas Brief mich an das Gedicht erinnerte, das ich für Hilke geschrieben hatte. Ja, ich hatte ihr zum Geburtstag ein Liebesgedicht geschrieben. Das geht ungefähr so:

Acht Gallonen Liebe
geb ich her für nen halben Rubel
weil ich besoffen bin von dir
und nachts, wenn ich
dem Mond deine blauen Augen erzähl,
unterweise ich sämtliche Nachtigallen
deinen Namen zu singen
erst in Dur und dann auch in Moll.

Und im Schlaf schenk ich dir
mit spendabler Hand
eine Schar Sterne

Und ich mal mir aus,

wie du im Traum

sachte sniuzt

vom Sternenstaub.

,Sniuzen' fand ich irgendwie putziger als ,schneuzen',
auch wenn das heute eigentlich keiner mehr sagt. Damals
fand ich das Gedicht auf jeden Fall ganz schön
hochwertig. Trotzdem nahm ich Hilke das Versprechen
zur Verschwiegenheit ab. Nun aber, da wir getrennt
waren und sie die Gründe dafür mir in die Schuhe
geschoben hatte, beunruhigte mich die Frage, für wie
bindend sie das Versprechen noch halten würde. Ich
verbrachte ein paar Wochen in Unruhe, es sickerte
jedoch nichts durch und allmählich vergaß ich die ganze
Angelegenheit.

Um ein Fazit zu ziehen: Es kam mit Hilke nicht zum Äu-
ßersten. Umso mehr wuchs der Sex zu einem Mysterium,
zu etwas so Großem und Überwältigendem, das man mit
fiebriger Ungeduld herbeisehnte und das einen - falls es
geschehen sollte - womöglich auf der Stelle töten würde.
Doch irgendwann (die dritte Phase) passiert es. Die
Phantasiebilder, die das Molch-Würgen begleiten,
bekommen ihre Spiegelbilder in der Realität, wenn auch
nicht ganz so versaut wie im Internet.

In meinem Fall wurde das Mysterium zu Fleisch und Blut
in Gestalt von Alissa Raps. Das war bei irgendeiner
Strandparty. Vielleicht ist Party übertrieben, auf jeden

Fall gab es eine Menge Bier, ich weiß gar nicht, wer das alles besorgt hatte. Alissa trank eines nach dem anderen, obwohl sie immer wieder und immer lauter beteuerte, welche Auswirkungen das auf sie haben würde. Die erste Auswirkung, die sie erwähnte und die sich auch wirklich zeigte, war das Erzählen versauter Witze, die allerdings gar nicht mehr richtig versaut rüberkamen, weil Alissa sie so entzückend erzählte. Eine später am Abend eingestandene Auswirkung war die, dass sie „so richtig rollig" sei, wobei sie sich sogar kurz zwischen die Beine fasste. Inzwischen hatte ich den Platz neben ihr auf der Decke erobern können. Wir fingen an zu knutschen. Dann fragte sie mich, ob wir ein Stück spazieren gehen wollten. Ich sagte ja. Wir nahmen die Decke mit und als wir weit genug von den anderen entfernt waren, legten wir uns hin schliefen miteinander.

Als ob. Wem will ich denn was vormachen. „Wir legten uns hin und schliefen miteinander." Den Satz glaubt mir doch keiner. Weil es nie passiert ist. Alissa war gar nicht dabei. Es war überhaupt kein Mädchen dabei. Nur das mit dem vielen Bier stimmt und wie der Abend endete, kann man sich ausmalen.

Die dritte Phase, also der Beischlaf, der Koitus, der richtige Sex wurde erst spät Teil meines Lebens. Um die Wahrheit zu sagen, war Inga meine erste. Sie hat mir meine Jungfräulichkeit genommen, was sie anfangs nicht glauben konnte. Als ich sie endlich überzeugt hatte, fand sie es ganz super süß und es sei ein wunderbarer Schatz, den sie für immer in ihrem Herzen aufbewahren werde und so weiter, bis es mir endlich gelang, das Thema zu wechseln.

Groupies

Nach dem Malheur mit Martin Mordsen, dem Zimmermann, der uns nach dem Unfall das Geld abgeknöpft hatte, hatte ich mich in meine Koje zurückgezogen und war irgendwann eingeschlafen. Als ich erwachte, standen wir auf einem Parkplatz an der Bundesstraße. Am Abend sollten wir in einem Ort spielen, der als regionales Unterzentrum gilt, irgendwo in Thüringen.

Nach dem Frühstück besahen wir uns den Schaden genauer, was bedeutet, dass wir reichlich ratlos um die Trümmer meines Gitarrenverstärkers herumstanden.

„Wenn wir hier irgendwo einen Techniker finden, der das bis heute Abend reparieren kann, dann fress ich einen Besen", sagte Consti.

„Außerdem müsste er es in Ordnung finden, auf die Bezahlung zu verzichten", ergänzte Tomke. Ich schwieg, während mir immer unbehaglicher zumute wurde.

„Dann machen wir es eben zu dritt", sagte Tomke. Nach einer Pause, während der ich in ein dunkles Loch von unendlichem Ausmaß fiel, fuhr er fort:

„Bis wir das Geld für die Reparatur haben."

„Das wird Ärger mit dem Veranstalter geben", sagte Consti, „der hat eine vierköpfige Band gebucht. Wenn der nur drei Leute auf der Bühne sieht, wird er Schwierigkeiten machen." Tomke nickte. Für eine Weile brütete jeder vor sich hin. Dann sagte Spiro:

„Du schnallst dir deine Gitarre um und stellst dich einfach mit auf die Bühne. Den Unterschied merkt keine Sau." Das waren meine Gedanken gewesen, doch die von einem anderen ausgesprochen zu hören, war trotzdem verletzend. Ob ich mitspiele oder nicht, merkt keine Sau?!

„Und dann hampel ich rum und tu nur so, als würde ich spielen, oder was?" Ich merkte selbst, dass es sich nur wie der Versuch anhörte, empört zu klingen. Es fehlte die Überzeugung. Wo sollte die auch herkommen?

„Wenn du eine bessere Idee hast...", sagte Tomke. Hatte ich nicht und am Abend stand ich also auf der Bühne und versuchte glaubwürdig auszusehen, was aber kaum gelang, denn vor lauter Peinlichkeit bewegte ich mich wie eine Holzpuppe. Das Ende meines Gitarrenkabels lag neben Spiros Basstrommel auf dem Boden. Den kaputten Verstärker hatten wir im Auto gelassen. Allerdings glaube ich nicht, dass jemand was gemerkt hat. Die paar Leute, die gekommen waren, saßen an der Bar und hatten uns die Rücken zugekehrt. Sie tranken stumm ihre Biere. Unterhalten konnten sie sich bei dem Krach ja nicht. Die meisten gingen irgendwann raus, zum Rauchen, wie ich vermute, da konnten sie auch reden, wenn sie wollten. Das waren die zwei längsten Stunden meines Lebens.

Als der Wirt uns die Gage überreichte, fehlte ein Viertel. Vor Scham, dass er den Trick durchschaut und nichts gesagt hatte, wäre ich am liebsten im Boden versunken. Aber nicht so Tomke.

„Willst du uns bescheißen?", schrie er den Wirt an, „wir haben das volle Set gespielt und sogar noch zwei Zugaben gegeben." Der Wirt antwortete nur, er solle die Schnauze halten, drehte sich um und ließ uns stehen. Obwohl er ein Stück kleiner war und auch nicht so breit, erinnerte er mich an Martin Mordsen. Wenn es auf der Welt noch viele Martin-Mordsen-Typen gibt, dann müssen wir lernen, mit ihnen fertig zu werden. Sonst kommen wir nie auf den grünen Zweig. Aber darauf besteht keinerlei Aussicht. Wobei - es imponierte mir schon, dass Tomke die Zugaben erwähnt hatte, nach denen die zwei Gäste, die am Schluss noch an der Bar saßen, gar nicht verlangt hatten.

Nachdem wir uns in unseren Bandbus zurückgezogen hatten, bemerkten wir, dass Spiro fehlte. Wir dachten uns nichts dabei. Oder besser: Wir dachten, dass er irgendwann sturztrunken reingepoltert kommen und uns aus dem Schlaf reißen würde. So war es dann auch, nur dass Spiro nicht allein reingepoltert kam.

„Raus aus den Betten!", rief er, „Groupies. Ich hab Groupies mitgebracht." Wir kamen also hervorgekrochen und mussten, als wir sahen, was vor sich ging, an Spiros Verstand zweifeln. So betrunken konnte er doch gar nicht sein, um nicht zu erkennen, dass er zwei Männer mit Perücken und in Frauenkleidern angeschleppt hatte. Sie hatten zwar die Lippen angemalt und die Wimpern getuscht, trotzdem reichte das nicht für eine Sekunde des Zweifels. Ein Blick auf die Unterarme hätte genügt. Vier durchaus männlich behaarte Unterarme. Von den Beinen, von denen aufgrund der Rockkürze reichlich zu begutachten war, ganz zu schweigen. Auf den zweiten Blick erkannte ich in ihnen die beiden Männer wieder, die bis zum Schluss an der Bar gesessen hatten. Insofern war ‚Groupies‘ vielleicht nicht ganz falsch.

Sie merkten unseren Gesichtern wahrscheinlich an, dass sie nicht unseren Vorlieben für späten und angetrunkenen Besuch entsprachen. Sie blieben an der Tür stehen und sahen sich verlegen im Bandbus um, während Spiro sich in die Sitzecke warf.

„Was denn?“, sagte er zu uns, „seid nicht solche Tränentiere. Alles cool.“

„Ich schwör“, sagte Tomke, „eines Tages werf ich dich aus der Band.“

Ich dachte, dass unsere Besucher das irgendwie als verletzend empfinden könnten, und Consti dachte wohl ähnlich, denn er bot den Männern an, erst einmal Platz zu nehmen, und als sie etwas unbeholfen ihre Körper hinter das Tischchen geklemmt hatten, unterbreitete Consti sogar den Vorschlag Kaffee zu kochen. Ich war erleichtert, dass er sich als so gewandt erwies, denn irgendwie fand ich die Situation ziemlich peinlich, zumal Spiro den Kopf in den Nacken hatte fallen lassen und anfing zu schnarchen. Ich schob ihn, so gut es ging, zur Seite und setzte mich ebenfalls ans Tischchen, um dem Besuch zu signalisieren, dass sie allem Anschein zum Trotz willkommen seien. Die beiden machten nämlich durchaus einen höflichen Eindruck, den man, wie ich finde, mit gleicher Münze vergelten sollte. Auch wirkten sie nicht mehr so betrunken, wie ich anfangs gedacht hatte; wahrscheinlich hatte der Eindruck, der von Spiro ausging, auf die beiden abgefärbt. Tomke pflegte allerdings noch immer seine schlechte Laune und auch die Absicht, das in einem rüden Tonfall offenkundig zu machen.

„Warum tragt ihr Weiberklamotten?", fragte er. Ich erschrak und dachte: Was soll man denn darauf antworten? ‚Entschuldigung, wir sind nun mal Tunten' oder was? Mal ehrlich, sowas fragt man doch nicht. Aber die beiden schienen die Frage gar nicht so schlimm zu finden.

„Schon mal was von Transgender gehört?", fragte Mirko, der größere der beiden.

„Ne, keine Ahnung", antwortete Tomke, was mir auch wieder einigermaßen unangenehm war, da die Gäste uns für ungebildete Provinzler halten mussten. Ich zumindest hatte das Wort schon mal gelesen und ich glaube, früher hat man Transvestiten gesagt. Aber das darf man nicht mehr benutzen, wie auch ‚Mohrenköpfe' verboten ist, was ja tatsächlich, wenn man sich das mal überlegt, ganz schön makaber ist: eine Packung Mohrenköpfe.

„Wir wären gern Frauen", sagte Mirko. Er sah dabei halbwegs unglücklich aus oder zumindest so, als würde ihm das Geständnis nicht leicht fallen. Und dass mir das Wort ‚Geständnis' dabei aus der Feder fließt, ist ja auch so eine Sache, irgendwie sexistisch. Nach meinem Eindruck ist es total schwierig nicht sexistisch zu sein, zumindest als Mann. So wie das als Weißer total schwierig ist, kein Rassist zu sein. Eigentlich müsste ich zu dem Schluss kommen, dass ich bereits ab Geburt als Arschloch auf die Welt gekommen bin, quasi genetisch bedingt. Aber wenn ich ehrlich bin, sehe ich mich gar nicht so, was wahrscheinlich beweist, dass ich eines bin.

Diese Überlegungen hab ich allerdings erst jetzt beim Schreiben angestellt. Damals hatte ich kaum was gedacht, sondern mich hauptsächlich für Tomke geschämt, dass er so unfreundlich war.

„Warum willst du eine Frau sein?", fragte er.

„Wir glauben, dass wir im Grunde schon Frauen *sind*", antwortete Sven.

„Hast du ein Ding in der Hose oder nicht?" Ich zuckte zusammen. Das war pure Provokation, dennoch lachte Sven, was ich nicht in Ordnung fand; für meinen Geschmack ließ er sich zu viel gefallen.

„Ich verstehe mich als Frau in einem Männerkörper", sagte er. Ich sah Consti an, der die Kaffeekanne auf den Tisch stellte und von innen zu leuchten schien. Nein, ich glaube nicht, dass Consti sich für eine Frau hält, aber irgendwas an dem Gedanken schien ihn zu fesseln.

„Eine Frau in einem Männerkörper?", wiederholte Tomke, „wie kann man denn eine Frau sein, wenn man weder Titten noch Muschi hat?"

„Na ja", antwortete Mirko, „vielleicht sollte man das eher so ausdrücken: Wir haben eine Vorliebe für Frauenkörper."

„Na und? Die Vorliebe hab ich auch", sagte Tomke. Damals dachte ich, dass er nur Stunk machen wollte, aber jetzt bin ich mir da nicht mehr so sicher. Vielleicht war er ernsthaft dabei, so etwas wie einen Standpunkt zu entwickeln.

„Mit wem geht ihr denn lieber ins Bett, mit Männern oder mit Frauen?", fragte Consti.

„Mit Männern", antwortete Mirko. Sven sah ihn von der Seite an und grinste höhnisch.

„Im Ernst? Wann warst du denn schon mal mit einem Mann im Bett?" Mirko schien von der Wendung des Gesprächs ebenso überrascht zu sein wie ich. Er wandte sich seinem Freund zu:

„Darum geht es doch gar nicht."

„Doch, genau danach hat er gefragt", beharrte Sven.

„Und wenn schon. Hast *du* schon mal was mit einem Mann gehabt?"

„Nein", sagte Sven, „hab ich auch nicht behauptet." Tomke lachte, was ich auch verstehen kann, denn eigentlich wurde die Sache gerade ziemlich komisch.

„Und würdest du gern?", fragte Consti. Ich guckte ihn an. Interessierte er sich nur theoretisch dafür oder sollte das ein Angebot werden? Sven zögerte mit der Antwort. Mir schien das jedoch konsequent: Lesbisch zu sein, wenn man sich in eine Frau verwandelt hat. Das gehört dann zur Abkehr vom Männlichen dazu. Aber das kann man natürlich auch anders sehen. Deshalb sagte ich nichts. Dafür brachte Tomke die Diskussion auf ein neues Gleis:

„Wie ist denn das nach einer Geschlechtsumwandlung, - geht man dann aufs Damenklo?"

„Natürlich", antwortete Sven, „nach der Operation bist du ja vollständig Frau, geistig und auch körperlich."

„Das würde mich die ersten Male aber reichlich Überwindung kosten", sagte ich, „ich meine, einfach durch die falsche Tür gehen!" Tomke und Consti nickten. Sie wussten, wovon ich sprach, denn wir hatten einmal Spiro von einem Frauenklo runterholen müssen, wo er bei offener Kabinentür auf der Schüssel eingeschlafen war.

„Und könnte man bei Olympia als Frau an den Start gehen?", fragte Tomke. Mirko zuckte mit den Schultern.

„Glaub ich nicht. Dazu muss man wahrscheinlich ab Geburt eine Frau sein." An diesem Punkt bog das Gespräch in Richtung Olympische Spiele ab, die in diesem Jahr in London stattfanden.

Hier breche ich meinen Bericht über den Abend ab, weil ich mich nicht für Olympia interessiere. Nicht, dass ich keinen Sport im Fernsehen gucken würde, das schon. Aber ich möchte nicht zu denen gehören, die sich alle vier Jahre plötzlich für Hürdenlauf, Turmspringen und diesen ganzen Quatsch interessieren. Das ist so wie mit Weihnachten, wenn plötzlich die Kirche total voll ist. Ich mein: Sind die Leute denn den Rest des Jahres eigentlich Christen? Na ja, vielleicht innerlich; also dass sie wie Christen fühlen und denken, nur dass sie nichts *tun*, was sie als christlich entlarven würde. Also so ähnlich wie bei Sven und Mirko mit ihrem Frauen-Ding.

Vielleicht sollte ich hier erwähnen, warum ich die Sven/Mirko-Episode eingeflochten hab. Es geht dabei letzten Endes um mich. Bei den Geschichten über Consti, Hilke, Inga, Möwe, Spiro und so weiter immer um mich. Die Frage lautet, ob ich scheinbar Musiker bin, innen drin aber in Wirklichkeit Schriftsteller. Also etwa so wie ein Schauspieler, der eigentlich ein Feigling ist, im Film die Rolle des tapferen Helden spielt. Und falls es die Konstellation geben sollte, folgen daraus zwei Möglichkeiten: Man ist im echten Leben der, der man ist, oder man ist es nicht und spielt quasi eine falsche Rolle. Und die aller entscheidendste Frage, die sich verdammt noch mal jeder stellen sollte, ist, ob man dabei einen Fehler machen kann.

Freundschaft

Bei ‚Konstellation' fällt mir ein, dass ich noch etwas über unseren Bandbus sagen muss. Ein bisschen hab ich schon angedeutet, jedoch noch nicht von der Bettensituation gesprochen. Es gibt natürlich vier Betten, aber nun darf man nicht an vier separate Schlafzimmer denken, ich meine, die Rede ist von einem Wohnmobil und noch nicht einmal von so einem Premium-Teil, das an der Autobahnraststätte zwei Busparkplätze in Anspruch nimmt.

Gemeint sind also zwei Doppelbetten. Das eine ist im Heck untergebracht und das teilen sich Consti und Spiro. Das andere füllt den Alkoven aus, der sich als eine Art zweite Etage über die Fahrerkabine erstreckt. Hier schlafen Tomke und ich. Seit der achten Klasse sind wir befreundet. Unsere Freundschaft begann am neunten Juni. Das weiß ich noch so genau, weil das mein Geburtstag ist und weil wir damals auf Klassenfahrt waren, irgendwo in der hessischen Provinz, wo die Lehrer uns jeden Morgen nach dem Frühstück zu stundenlangen Wanderungen antreten ließen und uns in Kleinstädten (die Umkehrpunkte der Wanderungen) historische Marktplätze zeigten. Während der ersten Wanderung tauchte Tomke neben mir auf und wir fingen an zu reden. Und wir hörten erst wieder auf zu reden, als wir abends wieder in der Jugendherberge waren. Wenn ich ‚reden' sage, meine ich: Unsere Seelen rasten mit Lichtgeschwindigkeit aufeinander zu und vereinigten sich in einer Art Super Nova zu einem Stern kosmischer Freundschaft. Es war der Urknall der Schöpfung. Wenn zwei Menschen miteinander sprechen, ich meine, über die wirklich wichtigen Dinge, über ihre Gedanken und darüber, was in ihnen vorgeht, und was es mit der Welt auf sich hat, was ja überhaupt nur selten vorkommt, dann ist es schon verdammt gut, wenn der eine zu sechzig Prozent versteht, was der andere meint. Häufig bleibt es unter zehn Prozent. Bei diesen Unter-zehn-Prozent-Gesprächen hat man das Gefühl, dass die Antworten des anderen nie richtig zu dem passen, was man gesagt hat, und irgendwann entsteht das Gefühl, dass einem nur die Illusionen von echten Gedanken im Kopf herumspuken. Das ist dann der Zeitpunkt, an dem man anfängt sich niederschmetternd dumm und mittelmäßig zu fühlen.

Bei Tomke und mir war das von Anfang an anders. Wir waren sofort bei hundert Prozent. Hundert Prozent Verstehen. Er verstand mich und ich verstand ihn. Wie gesagt hundertprozentig. Das war umwerfend. Aber das wirklich Überwältigende war: Plötzlich verstand ich mich selbst. Tomke war mein Spiegel und in ihm konnte ich erkennen, wer ich bin.

Irgendwann lagen wir in unseren kargen Sechs-Bett-Zimmern und fühlten uns wie eine neue Spezies, was ja auch nicht ganz falsch war. Wir hörten auf Kinder zu sein. Wir befanden uns quasi auf der Trennlinie zwischen nebelhafter Vergangenheit und nie da gewesener Zukunft. Die Zukunft öffnete sich plötzlich wie ein Märchenreich, in dem man, wie uns klar wurde, selbst eine Rolle zu spielen hat, oder nicht eine Rolle, sondern *die* Rolle, die Hauptfigur im Abenteuer des Daseins. Wir würden nun endlich diese etwas klägliche Menschheit auf ein neues Level heben. Dieses Gefühl gibt es wahrscheinlich nur einmal im Leben, z.B. wenn man als Achtklässler seinen knospenden Körper in die muldige Jugendherbergsmatratze schmiegt. Vorher ist man noch zu jung, um die Dinge zu überblicken, und später, ich weiß nicht, wird die Zukunft irgendwie konkreter und kalkulierter.

Demnächst werde ich fünfundzwanzig. Das ist auch so eine Trennlinie. Die Trennlinie zwischen jung und alt. Und ‚alt‘ bedeutet ‚zu alt‘, und zwar für so ziemlich alles. Doch daran will ich jetzt nicht denken, sondern an damals, als die Spanne bis zum fünfundzwanzigsten Geburtstag noch was von Unermesslichkeit hatte.

„Ich mach dann mal das Licht aus“, sagte Tim Rolfs, während er schon mit dem Schalter klickte. Ich nehme an, dass er sich postwendend auf die Seite drehte, um das Schlafpensum in Angriff zu nehmen, das seines Erachtens für einen Heranwachsenden nötig war. Doch aus Jasper Schmalbachs Bett funkelte, ich bin mir sicher, ein waches Augenpaar durchs Dunkel. Er hatte Tomke und mich den ganzen Tag über beobachtet. Zuerst aus gewöhnlicher Eifersucht, die mit ansieht, wie zwei Leute zueinander finden und einen Bannkreis um sich herum schlagen, in den sie nichts und niemanden eindringen lassen. Dann aber beschlich ihn, wie ich glaube, der Argwohn, ob das, was sich unter seiner Beobachtung abspielte, die Regeln normaler Jungen-Freundschaft befolgte oder ob da nicht irgendeine Sorte von Zuviel war, etwas Beunruhigendes. Er war noch meilenweit von der Evolutionsstufe entfernt, auf der Freundschaft zur erhabendsten menschlichen Verfassung wird.

„Na, was ist?", fragte Tomke, „bekomm ich keinen Gutenachtkuss?" Auch ohne Jasper Schmalbach im Nachbarbett wäre ich bei der Frage zusammengezuckt. Jetzt lag ich mehrere Sekunden still und hielt den Atem an. Das ganze Zimmer hielt den Atem an. Alle Ohren waren auf mich gerichtet. Dann schlug ich mit einem Ruck die Decke zurück, stand auf und tapste zu Tomke rüber. In neunzig Prozent aller Rocksongs, die wir hörten, kommt der Vers vor: ‚I don't care what the people say.' Genau das richtige Motto, wenn man gerade zu einer neuen Spezies erblüht war und in eine frisch duftende Zukunft aufbrach. Ich beugte mich zu Tomke runter und für einen heiligen, transzendenten, entrückenden Augenblick berührten sich unsere Lippen. Als ich mich aufrichtete, entließ Jasper in einem stummen Ächzen sein aus Angst und Widerwillen gebrautes Urteil, das vermutlich von der Frage begleitet war, wem er morgen die Vorgänge brühwarm würde petzen können.

Ein Gutenachtkuss ist altersunangemessen und in diesem Fall auch schwul, womit sich die Frage stellt, wie Tomke es fertig brachte, gegen den elementaren Code der Achtklässler-Coolness zu verstoßen und dabei völlig lässig in sich zu ruhen. Oder eigentlich stellt sich die Frage gar nicht, man muss das einfach als nacktes Faktum zu seiner Charakterisierung akzeptieren. Die Frage ist vielmehr, warum ich seiner Aufforderung gefolgt war und dem herrschenden Code ebenfalls die kalte Schulter gezeigt hatte. Heute würde ich sagen: Er schenkte mir die Freiheit, das zu tun, indem er mir die Leine umlegte.

Es ist die kosmische Ausnahme, wenn in der Liebe ein Gleichgewicht herrscht. Im Normalfall liebt einer immer mehr als der andere und muss die leidvollen Konsequenzen tragen. Meine erste Lektion lernte ich bereits im Laufe der Klassenfahrtswoche, nämlich auf der Rückreise, nachdem wir unsere Koffer so beiläufig, wie unsere halbstarken Arme es zuließen, in die Gepäckablage gehoben hatten. Ich wollte meinen Platz an Tomkes Seite einnehmen, aber da saß schon Jasper Schmalbach. Ausgerechnet Schmalbach. Tomke warf mir einen kurzen Blick zu, der etwa besagte: Ah, hallo, alles klar bei dir? Aber in einer der Parallelwelten der Bedeutung raunte mir derselbe Blick zu: Was guckst du so? Ich kann sitzen, neben wem ich will; jederzeit; das solltest du dir gut merken, und wenn ich möchte, dass du wieder neben mir sitzt, werde ich es dich wissen lassen.

Ich fand einen freien Platz neben Tim Rolfs, der etwa im Halbstundentakt mithilfe seiner Armbanduhr und des Zugbegleiterheftchens die Dauer bis zum nächsten Halt berechnete. Was ich zu unserer Unterhaltung beitrug, weiß ich nicht mehr. Ich war ganz damit beschäftigt, mich mit einer neuen Art Schmerz bekannt zu machen.

Das meiste davon ist Vergangenheit, auch wenn Tomke und ich immer noch Freunde sind. Aber was heißt schon ‚Vergangenheit‘. Vergangen ist nichts, solange es noch irgendwo in der Erinnerung nistet und da seine Bedeutung hat. Oder mit schmerzhaften Konsequenzen droht.

Was ist schon normal?

Aber nun muss ich dringend etwas zu Consti sagen. Ich fang nämlich an, mir Sorgen um ihn zu machen. Er zieht sich immer mehr zurück und wird von Tag zu Tag schweigsamer. Er hat ja auch niemanden, also nicht so, wie ich Tomke hab oder er mich. Spiro? Der ist ein prima Kumpel. Er hat ein heiteres Gemüt, egal ob er betrunken ist oder nicht. Aber zwischen ‚Kumpel‘ und ‚Freund‘ ist ein himmelweiter Unterschied, wenn es darauf ankommt, ob man sich einsam fühlt.

Ich hab schon länger das Gefühl, dass Consti was im Schilde führt. Heute habe ich ihn zufällig ertappt. Okay, ein bisschen habe ich beim Zufall mitgeholfen. Nicht viel, ich bin niemand, der anderen hinterherschnüffelt. Tomke und Spiro hatten sich in eine Kneipe verdrückt und ich hatte getan, als wolle ich mich ihnen anschließen, bin dann aber zurück in den Band-Bus. Consti hockte in der Sitzecke, vor sich auf dem Tischchen sein Laptop und ein Rechenheft. Er kaute auf einem Kugelschreiber rum und guckte ertappt.

„Was machst du?“, fragte ich, als würde es mich nicht sonderlich interessieren. Draußen bellte ein Hund. Consti drehte das Gesicht zum Fenster, behielt mich aber im Auge. Offenbar rechnete er aus, ob es klug war, mir die Wahrheit zu sagen.

„Mathe“, sagte er.

„Wie? So aus Spaß oder was?“

„Das auch." Er zupfte an seinem Pferdeschwanz rum. Ich dachte an den Typen aus ‚Beautiful mind' und dann an den aus ‚Shining'. Mussten wir damit rechnen, davon aufzuwachen, dass er mit dem Brotmesser an unseren Gurgeln rumsäbelte oder sowas? Na gut, das ist übertrieben, aber ganz normal konnte es nicht sein, wenn einer sich in dem trübseligen Wohnmobil verkroch, um irgendwelches Formelzeugs in Hefte zu kritzeln, während andere Menschen sich einen geselligen Abend machten. Ich betrachtete die schütteren Bartzotteln, die Consti sich neuerdings wachsen ließ, und überlegte, ob sie eigentlich einen modischen Spleen zum Ausdruck brachten oder Zeichen äußerer Verwahrlosung waren und damit auch Zeichen seines inneren Zustands. Consti hielt meinen Blick wohl für einen fragenden, denn nun gab er weitere Auskunft:

„Weil's Spaß macht und weil's zum Studium gehört."

„Was für ein Studium?"

„Online-Studium. Ich studier Mathematik."

„Im Ernst? Du studierst - richtig mit allem drum und dran? Und ausgerechnet Mathe, das ist doch total schwer." Consti lächelte unbeholfen, als wüsste er nicht mehr ganz, wie das geht.

„Ja, manchmal ist es ganz schön kompliziert."

„Und das machst du so nebenbei? Ich meine, ein richtiges Studium?"

„Man kann sich die Zeit selbst einteilen. Das ist der Vorteil, wenn man es online macht. Und ob ich in der Kneipe rumhäng oder währenddessen Mathe betreib, ist ja wohl meine Sache."

„Ja klar, ich werd's auch für mich behalten." Wir schwiegen eine Weile, während ich überlegte, mich zu verdrücken, um Consti nicht länger beim Studieren zu stören.

„Du hast doch auch was am Laufen", sagte er plötzlich.

„Was am Laufen? Wie meinst du das?"

„Was du immer schreibst. In diese grünen Hefte." Woher wusste Consti von meinen Heften? Ich schaute mich im Bandbus um, als könnte ich auf einen Hinweis stoßen.

„Ach, das ist nichts", sagte ich.

„Ein ganz schön regelmäßiges Nichts. Aber es ist deine Sache. Wenn du nicht davon erzählen willst, ist es okay."

„Nein", sagte ich, „ist kein großes Geheimnis. Ich schreib nur so Geschichten auf."

„Wie ein Schriftsteller oder was?"

„Ja, im Grunde schon", antwortete ich, während mich plötzlich das Verlangen überfiel, mehr davon zu erzählen. Allein, dass Consti das Wort ‚Schriftsteller' benutzt hatte, erfüllte mich mit unsinnigem Stolz.

„Ja, wie ein Schriftsteller", wiederholte ich in der Hoffnung, Consti würde noch irgendetwas dazu fragen.

„Klingt vielleicht etwas verrückt", fügte ich hinzu.

„Nö, gar nicht", sagte er, „du bist Schriftsteller und ich bin Mathematiker und für eine Weile tarnen wir uns als Musiker. Verrückt würde ich es erst finden, wenn du glaubst, dass du in einem Jahr Bestseller-Millionär bist." Damit spielte er natürlich auf Tomke an, aber ich hatte noch keine Lust, das Thema zu wechseln.

„Vielleicht wird es ein Roman", sagte ich. Während ich auf Constis Haare starrte, die wie immer nach hinten gekämmt und in einem Pferdeschwanz gebündelt waren, wurde mir klar, wonach ich mich sehnte. Er sollte fragen, ob er mal was von mir lesen dürfe. Ja, ich wollte Beachtung. Einen Leser wünschte ich mir. So sehr wünschte ich mir einen, dass ich beinahe von mir aus gefragt hätte, ob er meine Geschichte lesen wolle.

„Echt, ein Roman? Cool." Ich musste mich an der Tischkante festklammern, um nicht aufzuspringen, mein Heft zu holen und es ihm unter die Nase zu halten. Vielleicht befürchtete er, dass ich was in der Art tun könnte, auf jeden Fall meinte er er nach einer Weile:

„Sag mal, Tomke hat doch einen an der Klatsche, oder?" Schon wieder Tomke. Na gut, er interessierte sich nicht für meinen Roman. Dann würde ich ihm auch nichts davon zu lesen geben. Was sollte man von einem Mathematiker auch anderes erwarten?! Es sind absolut unpoetische Zahlenmenschen, denen die tiefere Wahrheit in den Dingen für immer verborgen bleiben wird.

„Was meinst du?", fragte ich, obwohl ich ziemlich gut wusste, was er meinte.

„Wenn du mich fragst, ist das schon ein ziemlich heftiger Grad von Realitätsverlust, unter dem er leidet."

„Ach, was ist schon normal?", sagte ich. (In Wirklichkeit hatte ich das gar nicht gesagt, aber ich hab das mit Rücksicht auf die Kapitelüberschrift hier hinzugefügt. Und ich hätte es ja auch sagen *können*.)

„Tomke würde sagen, dass man restlos an sich glauben muss. Nicht nur irgendwas wünschen."

„Schon klar", sagte Consti, „aber man kann gar nicht vernünftig mit ihm reden. Wenn man einen Zweifel äußert, dreht er gleich durch." Ich nickte. In der Hinsicht hatte Tomke wirklich einen an der Klatsche. Doch ich hatte jetzt keine Lust, auf Constis Seite zu sein.

„Wer einen Zweifel zulässt, der hat innerlich schon aufgegeben, - das meint Tomke zumindest. Und stimmt ja auch irgendwie. An seinem Traum festzuhalten, kostet schon Kraft genug. Da kann man sich keine Schwächen erlauben."

„Kann schon sein", antwortete Consti, während sein Blick in sein Rechenheft wanderte. Ich spürte, wie seine Gedanken wieder zur Mathematik zurück schwebten, als sei sie der einzig verlässliche Verbündete in einer Welt voller Spinnern. Ja, dachte ich, geh zurück zu deiner Mathematik, wenn du einen Verbündeten suchst. Oder schaff dir ein Haustier an. Das mit dem Haustier hatte ich an der Stelle wirklich gedacht, obwohl ich von der späteren Sache noch keine Ahnung hatte.

Wenn ich ehrlich bin, beneide ich Consti ein bisschen darum, dass er sich selbst für normal hält. Ich beneide *jeden*, der sich für normal hält. Den Glauben an die eigene Normalität zu verlieren, kann nämlich ganz schön irritierend sein. Mir war das mal vor zwei Jahren passiert. Ich war zu meiner Mutter gegangen und sagte, etwas mit mir sei nicht in Ordnung, aber ich wisse nicht, zu welchem Arzt ich damit gehen müsse.

„Was ist es denn?", fragte sie.

„Ich glaube, es liegt am Hoden", antwortete ich, „gibt es da spezielle Ärzte?"

„Du gehst zu Doktor Brezniak", sagte sie und verschwand im Badezimmer, um einer möglichen Diskussion zu entgehen. Die Antwort missfiel mir. Doktor Brezniak ist ein hutzeliger Brillenmensch mit Spinnenhänden, dennoch schwimmt er in Herablassung. Zudem hat er auf den Wangen rote Geflechte, als habe er irgendwann Erfrierungen erlitten. Seine Brille ist in demselben Rot wie die Geflechte. Ich glaube, er kann seine Patienten nicht leiden. Egal, was man zu ihm sagt, immer gibt er einem das Gefühl, man rede nur dummes Zeug. Der Effekt entsteht auch dadurch, dass er einen beim Reden nie anguckt, als würde er heimlich mit den Augen rollen.

Ich ging trotzdem hin. Nicht weil meine Mutter es gesagt hatte - oder nicht nur deswegen - , sondern weil ich die Wahrscheinlichkeit, dass ich bei einer Untersuchung an meinen Hoden eine Erektion bekäme, am geringsten einschätzte, wenn Doktor Brezniak der Untersuchende wäre.

Der auf altmodische Art medizinische Geruch in der Praxis entmutigte mich, bevor ich richtig eingetreten war.

„Guten Tag, mein Name ist..."

„Die Karte!", befahl die Sprechstundenhilfe, die hinter dem Empfangstresen hockte wie in einer Festung. Sie hatte im Laufe der Jahre die brezniaksche Eigenart, auf den Blickkontakt zu verzichten, übernommen und folgte ihrem Chef sogar in dem Punkt der Brillenmode. Ich glaube, dass Brezniak und seine Gehilfinnen ein System perfektioniert hatten, das darauf abzielte, dem Patienten jeden Glauben an Eigenständigkeit zu nehmen, jeden Widerspruchsgeist zu brechen, ihn zur Demut zu zwingen, bevor er auch nur in die Nähe des Behandlungszimmers kam. Das geschieht zum Wohle des Patienten, denn ich kann mir vorstellen, dass es schädlich und sogar gefährlich sein kann, wenn der Patient mit seinem Laienunwissen dem Profi in die Quere kommt.

Während die Sprechstundenhilfe in das große Sprechstundenhilfebuch schrieb, nahm sie meine Versichertenkarte und ordnete gleichzeitig meine Verfügung ins Wartezimmer an.

„Für die Garderobe wird nicht gehaftet", fügte sie wie gewohnt hinzu und wie gewohnt war ich im Zweifel, ob das heißen sollte: ‚Lassen Sie sich nicht einfallen, die Garderobe zu benutzen' oder ‚Benutzen Sie gefälligst die Garderobe, aber lassen Sie sich nicht einfallen, ich würde auf Ihren Plunder aufpassen.' Um der Zwickmühle zu entgehen hatte ich diesmal auf eine Jacke verzichtet, dafür einen Pullover mehr angezogen. Aber auch das war ein Fehler.

Das Zimmer war gemessen an der Zahl an Patienten, die hier zu jeder Tageszeit saßen, viel zu klein. Aus Schüchternheit verzichtete ich auf einen Gruß. Allerdings schien auch niemand damit zu rechnen. Zumindest hob keiner der Patienten bei meinem Eintreten den Kopf. Ich überlegte, ob sie, indem sie ebenfalls den Blickkontakt mieden, sich dem Doktor gefällig machen wollten. Natürlich konnte er ihr Verhalten nicht sehen, und niemals würde Herr Doktor Brezniak die Niederungen seines eigenen Wartezimmers betreten - den Kontakt zu diesen Regionen der Wirklichkeit stellte er über seine

Gehilfinnen her -, dennoch zweifelte ich nicht, dass er mittels geheimer Pfade, was das Geschehen in seiner Praxis betraf, allwissend war.

Man saß dicht an dicht auf Stühlen ohne Armlehnen und zu den Feinheiten des Brezniak-Systems gehörte, dass man die Fenster nicht zum Lüften öffnen konnte und dass es zum Zeitvertreib ausschließlich Boulevardpresse zu lesen gab, um anzuzeigen, wie man den geistigen Status der Patienten einschätzte. Ich erwischte einen freien Stuhl unmittelbar an dem glühenden Heizkörper. Der zusätzliche Pullover erwies sich schnell als Tortur. Im Sitzen würde ich ihn nicht ausziehen können, ohne meine Nachbarn mit den Ellenbogen zu rammen. Und aufzustehen und quasi in der Mitte des Zimmers (so klein war der Raum!) die wenig elegante Prozedur des Pulloverausziehens zu vollführen, war mir eine unangenehme Vorstellung, obwohl ich davon ausgehen durfte, dass die Anwesenden so tun würden, als würden sie mich gar nicht bemerken. Vielleicht bemerkten sie mich wirklich nicht. Viele schienen, mit den Unterarmen auf den Knien und mit hängenden Köpfen, eingedöst zu sein. Wie Verurteilte, die die letzten zähen Stunden ihres Erdendaseins im Purgatorium des brezniakschen Wartezimmers tot schlagen.

Nur selten erschien eine Arzthelferin (nicht die vom Empfangstresen, die ihren Posten niemals verließ), um einen Patienten ins Behandlungszimmer zu beordern. Als ich den Warteraum betreten hatte, war mein Eindruck, dass die Wartenden ohne Regung verblieben waren, doch je länger ich nun selbst hier saß, desto mehr wurde ich Teil eines kollektiven Zusammenzuckens, wenn die Tür sich öffnete. Und wenn sich tatsächlich einmal die Arzthelferin zeigte, dann schraken wir alle hoch und bereiteten uns darauf vor, eilig vom Stuhl aufzuspringen. Die Arzthelferin, übrigens eine junge, sehr attraktive Frau, der man das Recht auf ihre herrenmenschliche Arroganz unbedingt zugestehen muss, nannte bloß Vor- und Nachnamen des nächsten Patienten, machte kehrt und marschierte federnd voran, dass man das Muskelspiel ihrer wunderschönen Waden betrachten konnte, - sofern man schnell genug war, um ihr so dicht auf den Versen zu bleiben, was, wenn man gerade aus seinem verschwitzten Dösen aufgeschreckt war, sich als nicht einfach erwies.

Nach unbestimmter Zeit riss sie wieder die Tür auf und nannte diesmal meinen Namen. Ich stemmte mich rasch hoch und, nachdem ich mich aufgerichtet hatte, lächelte ich in Richtung Tür, wo die Schöne allerdings schon verschwunden war. Ich taumelte durchs Wartezimmer, in dem - wie mir schien - noch ebenso viele Patienten saßen wie bei meiner Ankunft, und schloss die Tür hinter mir. Die Schöne war schon außer Sicht, was aber nicht schlimm war, denn ich kannte den Weg zum Behandlungszimmer. Dort wartete sie bereits und hielt, während sie mit den Fingern auf der Klinke Klavier spielte, die Tür geöffnet. Ich hastete an ihrem Ein-Personen-Spalier vorbei und betrat nun endlich Doktor Brezniaks Behandlungszimmer. Dabei handelt es sich um einen weitläufigen Raum (ein Vielfaches des Wartezimmers) mit wandhohen Bücherregalen, einer Untersuchungspritsche und vor allem einem Schreibtisch aus dunklem Holz, der so alt und gewaltig ist, dass er wahrscheinlich zuerst hier stand und das Gebäude nachträglich um ihn herum gebaut worden war. Doktor Brezniak lehnte in einem schwarzen Bürosessel, tippte mit den Fingerspitzen gegeneinander und guckte in die Luft, als warte er darauf, dass endlich, endlich etwas passiere, für das es sich zu leben lohne. Während ich an den Schreibtisch herantrat, erhob sich der Doktor und reichte mir eine Hand zur Begrüßung. Dabei sah er auf einen Gegenstand auf dem Schreibtisch (einen Locher oder einen Briefbeschwerer) herunter, den er just in diesem Augenblick zurechtrücken zu müssen meinte. Dann lehnte er sich wieder in seinem schwarzen Sessel zurück und erlaubte mir mit knapper Geste Platz zu nehmen. Der mir gewährte Stuhl war ein Exemplar wie im Wartezimmer. Nachdem ich mich gesetzt hatte, schien eine geheimnisvolle Schrumpfung mit mir vorzugehen. Die Kante des Schreibtischs reichte mir bis zur Brust.

„Was führt Sie denn zu mir?", fragte Brezniak, während er einen Punkt auf dem Holzfußboden fixierte. Ich räusperte mich und konzentrierte mich auf den Satz, den ich während der Wartezimmerstunden wie ein Mantra eingeübt hatte.

„Ich glaube, mit meinen Hoden stimmt etwas nicht."

„So so", sagte er, „was soll denn mit Ihren Hoden nicht in Ordnung sein?" Offensichtlich gefiel es ihm nicht, dass ich eigenmächtig eine Hypothese zu meinen Hoden entwickelt hatte.

„Haben Sie Schmerzen an den Hoden oder in Hodennähe?"

„Nein, keine Schmerzen", musste ich zugeben.

„Also denn, was veranlasst Sie zu dem Glauben, etwas stimme bei Ihnen in den Hosen nicht." Ich glaube, er hatte diesmal als Witz tatsächlich ‚Hosen' statt ‚Hoden' gesagt.

„Es ist die Menge des Ejakulats, also das Volumen." Ich sagte ‚Volumen', weil ich mich physikalisch möglichst korrekt ausdrücken wollte.

„So so, das Volumen. Man könnte auch sagen ‚das Gewicht', nicht wahr?", sagte Brezniak. Ich nickte.

„Ja, das Gewicht."

„Haben Sie Ihr Ejakulat gewogen?"

„Gewogen? Äh… nein."

„Dann wiederhole ich meine Frage: Warum kommen Sie zu Ihrer Vermutung?"

„Es sieht irgendwie wenig aus", antwortete ich.

„Ihr Ejakulat sieht wenig aus", sagte Brezniak, als müsse er die Aussage wiederholen, um das Ausmaß ihrer Idiotie überhaupt erfassen zu können.

„Ich nehme an, Sie sind beim Masturbieren zu Ihrer Beobachtung gelangt. Beim Beischlaf achten wir ja für gewöhnlich nicht so sehr auf unser Ejakulatvolumen, nicht wahr?" Das ‚wir' verursachte auf meinem Rücken ein unangenehmes Prickeln.

„Wenn Sie meinen, ‚zu wenig' zu ejakulieren, dann haben Sie gewiss auch eine Vorstellung davon, was nicht ‚zu wenig' wäre. Und nun lassen Sie mich raten, woher Sie diese Vorstellung haben: Sie sehen sich Porno-Filmchen im Internet an. Sie vergleichen Ihren eigenen Erguss mit den

Volumina, die dort im Spiel sind. Unterbrechen Sie mich, wenn ich mich irre." Ich schwieg und war jetzt froh, dass Brezniak einen beim Reden nicht ansah.

„Und wozu sehen Sie sich diese Filme an? Würgen Sie eifrig den Molch?" Ich fuhr zusammen, während Brezniak laut auflachte. Zu dem Rückenprickeln kam jetzt ein Anflug von Übelkeit.

„Na, lassen wir die Scherze", sagte er, „wie oft machen Sie es?"

„Drei oder viermal in der Woche", log ich.

„Na, meinetwegen", sagte Brezniak, „benutzen Sie bei der nächsten Selbstbefleckung ein Kondom, mit dem Sie Ihr Ejakulat auffangen (dann ist es auch kaum noch selbstbefleckend). Verschnüren Sie das Tütchen und bringen Sie es nächstes Mal mit, damit wir das Gewicht messen können. Um ehrlich zu sein, glaube ich nicht, dass Sie signifikant unter dem Durchschnitt liegen, aber wenn Sie besorgt sind, werden wir der Sache natürlich auf den Grund gehen. Lassen Sie sich vorne einen neuen Termin geben." Damit war die Audienz beendet. Ohne Verabschiedung ließ der Doktor mich gehen. Er hatte eine Füllfeder genommen und schrieb eifrig in ein dickes, schwarz gebundenes Notizbuch. Ich schlich zur Tür, huschte hinaus und steuerte direkt auf den Ausgang zu, durch den ich, ohne dass eine der Arzthelferinnen mich bemerkt hätte, ins Freie entkommen konnte.

Den Rückweg nutzte ich für einen Spaziergang durch den Park, durch den an diesem Vormittag nur ein paar Mütter mit ihren Kinderwägen flanierten. Ich setzte mich auf eine Bank und dachte über meine Optionen nach.

Doch noch einmal zu Brezniak gehen? Woanders eine zweite Meinung einholen? Alles auf sich beruhen lassen? Auf der Wiese vor mir breitete ein Ahorn seine mächtigen Äste aus. Zumindest sahen die Blätter nach Ahorn aus, aber ich weiß nicht, ob Ahornbäume so groß werden. Denn groß war der Baum. Und wenn Brezniak mich fragen würde, wie ich zu der Vermutung käme, könnte ich ohne Zögern antworten, dass er einer der größten im Park ist. Vielleicht nicht einer der größten im Weltmaßstab, aber immerhin. Ich dachte an mein Ejakulat. An das Volumen oder an das Gewicht oder was auch immer. Hatte das Internet die Herrschaft über meinen Sinn für Normalität übernommen? Und war es normal, das Denken vom Internet beherrschen zu lassen? Ich spürte, wie der Gedankengang sich in sich selbst ringelte und dass ich Hunger bekam. Ich stand auf und spazierte zum Ost-Eingang des Parks, wo ein paar abgebrochene Soziologiestudenten seit einiger Zeit einen Imbiss betrieben. Die kulinarische Station war in einem Gebäude untergebracht, das irgendwann zwischen den Weltkriegen hier als Toilettenhäuschen errichtet worden war, um den Park vor wilden Darmentleerungen zu schützen. Dort bestellte ich eine Portion Pommes. Der Student bzw. Ex-Student, der mittels seines T-Shirt-Aufdrucks aufforderte, kein Bulle zu werden, fragte: „Normal oder groß?"

Die vierte Dimension

Irgendwo nahe des Thüringer Waldes sollten wir in einer *location* namens „Die vierte Dimension" spielen. Der erste Einheimische, den wir nach dem Weg fragten, verfiel in schnaufendes Starren, der zweite stellte Handgreifliches in Aussicht, den dritten ließen wir unbehelligt und vertrauten auf unseren Spürsinn. Nachdem wir in einer Ortschaft mehrmals im Kreis gefahren waren - eine Art Einbahnstraßen-Rundkurs, aus dem es keine Entkommen zu geben schien - wurden wir von einem Kombi japanischer Herkunft geschnitten, so dass Consti gezwungen war, das Lenkrad rumzureißen und in eine Seitenstraße abzubiegen. Die Giebelseiten der Häuser ragten links und rechts der kopfsteingepflasterten Straße auf, dass man fast gezwungen war, die Außenspiegel einzuklappen. Ab und zu thronte eine Katze im Sphinxsitz auf dem Bordstein und beobachtete unser Campingefährt wie ein Hexenmeister, der seine dunklen Pläne in Erfüllung gehen sieht.

„Wenn das eine Sackgasse ist, haben wir ein Problem", sagte Tomke, „wir kommen ohnehin schon zu spät."

Kamen wir aber nicht. Consti zirkelte den Bandbus um eine 90-Grad-Kurve und übergangslos standen wir auf dem Parkplatz der „vierten Dimension".

„Das kommt jetzt überraschend", meinte Spiro, „und seht mal, ein so großer Parkplatz und außer uns kein Auto." Tomke sah auf die Uhr.

„Kapier ich nicht. Wir sind zwei Stunden zu früh. Wieso plötzlich zu früh?"

„Vielleicht macht der Laden erst später auf", sagte Spiro.

Wir hockten im Bandbus und starrten in den Regen. Doch auch zum vereinbarten Zeitpunkt ließ sich keine Seele blicken. In den Mulden des unasphaltierten Platzes sammelte sich der Regen zu Pfützen und ohne Vorwarnung traf mich die Erinnerung an blaue Gummistiefel, die ich als Kind besessen hatte. Irgendwann in der Zeit, bevor meine Schwester in mein Leben getreten war. Früher hatte ich es geliebt, dazustehen und zu beobachten, wie die Regentropfen in den Pfützen hüpften, als würden unsichtbare Spinnen auf dem Wasser tanzen. Ein Seelenzustand nahm von mir Besitz, für den ‚traurig' nur eine ungenaue Bezeichnung war. Als sei mit den Gummistiefeln irgendwas abhanden gekommen, das niemals zurückkehren würde.

„Ist hier ein scheiß Killer-Virus ausgebrochen?", fragte Tomke, „keine Menschenseele zu sehen."

Wir gingen zum Gebäude und versuchten durch die Fenster zu gucken. Von innen war blaues Krepppapier gegen die Scheiben geklebt. An einer Stelle klaffte ein Spalt, durch den man Stühle und ein paar Tische entdecken konnte. Anstelle eines Clubs konnte es auch ein Möbellager sein.

„Sieht aus wie ausgestorben."

Auf der Rückseite fanden wir einen Hintereingang, neben dem ein paar Eimer, die einmal Ketchup oder Mayonnaise enthalten hatten, einige Zentimeter in den sandigen Untergrund eingesunken waren. An der Tür hing ein Bügelschloss, wie man es sonst für Fahrräder verwendet.

„Als wäre seit Monaten keiner hier gewesen", meinte Consti. Tomke schüttelte den Kopf.

„Hab gestern mit dem Pächter telefoniert. Was ist das für eine Scheiße?" Wir verkrümelten uns im Bandbus und der Wurm der Langeweile kroch seine Bahnen.

„Kommst du mit?", fragte Tomke, „ich geh mich mal umgucken." Er hatte tatsächlich nicht Spiro, sondern mich gemeint. Ohne eine Antwort abzuwarten, brach er auf. Ich schnappte meine Jacke und folgte ihm in den Regen.

Aufs Geratewohl liefen wir an der Straße, die am Parkplatz vorbeiführte, entlang Richtung Süden oder was ich für Süden hielt. Am Sonnenstand ließ sich das nicht ablesen. Der Regen hatte schlagartig aufgehört und aus den Poren der Luft kroch Nebel hervor. Wenn ich es mir recht überlegte, waren Tomke und ich zum ersten Mal zu zweit unterwegs, seit wir auf Tour waren. Ich dachte, dass es an ihm lag. Dass er Spiro als Gesellschaft bevorzugte. Aber nun war ich mir nicht mehr sicher. Vielleicht wirkte ich abwesend und zurückgezogen. War ich ja auch, um meine Schriftstellerei voranzutreiben. Nicht so zurückgezogen wie Consti, aber immerhin.

Rechts vor uns trieb eine Art Stadttor aus dem Nebel auf uns zu. Ein schwarz-schmutziger Ziegelbau, der in irgendwelchen Jahrhunderten dazu gedient hatte, zudringliche Fremde davon zu unterrichten, dass Gastfreundschaft hier ein knappes Gut war. Auch auf die Gefahr hin, den Boden empirischer Verlässlichkeit zu verlassen: Das Tor war von einer irgendwie unguten Aura umwölkt. Als würde man von einem Wesen ohne Augen beobachtet werden.

„Scheint eine Art Umgehungsstraße zu sein", sagte Tomke, „so kommen wir nie in die Stadt." Gemeinsam betrachteten wir das Stadttor.

„Hässliches Ding. Na, was soll's. Gehen wir da durch." Wir überquerten die Straße und traten in den Schatten des Bauwerks. Nach ein paar Schritten wurde es so dunkel, als hätte das Licht keinen Ansporn weiter ins Gebäude vorzudringen, als gerade notwendig. Bis zum anderen Ende waren es mindestens zwanzig Meter.

„Was ist das für ein Trick?", fragte Tomke. Ich zuckte die Schultern. Auch hier sah es verdammt nach Stadtrand aus, als läge der Ortskern nicht vor, sondern bereits hinter uns. Plötzlich hörten wir Gelächter. Das erste Zeichen menschlichen Lebens, seitdem wir die „Vierte Dimension" gefunden hatten. Wir machten ein paar zögerliche Schritte zurück ins Halbdunkel oder besser Dreivierteldunkel, das nicht mal einer Kellerassel einladend erscheinen konnte. In einer Seitennische entdeckten wir einen niedrigen Durchgang, aus dem das Gelächter kam. Wir schoben uns durch eine von Rankenzeugs umschlungene, halb offen stehende Gitterpforte und tauchten ein in eine Wolke aus Dunst und Zigarettenqualm. Ob es ein Gewölbe war oder ein Innenhof, war nicht zu erkennen. Nach ein paar Schritten zeichneten sich Umrisse von Tischen, Springbrunnen und antiken Säulen ab, die - wenn man näher herantrat - auch aus Plastik sein konnten, das durch eine grau-schwarze Schmutzschicht den Eindruck von Stein erweckte. An einigen Tischen saßen Leute mit Tellern und Gläsern vor sich. Offenbar handelte es sich um eine Gaststätte oder eine Art Biergarten. Wir suchten nach einem freien Tisch, setzten uns und hofften darauf, dass uns irgendwann eine Bedienung entdecken würde.

„Ich glaube, Consti hat mir das Handy gestohlen", sagte Tomke. Ich schaute auf seine Jackentasche, in die er vorhin das Handy gesteckt hatte. Ein Rechteck zeichnete sich unter dem Stoff ab, das ziemlich gut den Abmessungen des vermeintlichen Diebesguts entsprach. Ich mochte allerdings nichts sagen. Ich überlegte, welchen Grund er haben sollte, mich zu belügen, nur fiel mir kein Grund ein und deshalb schlich sich der Gedanke ein, dass er auf irgendeine verworrene Weise für wahr hielt, was er sagte. Das war einigermaßen verwirrend, und zwar auf genau die Art, die immer mehr zu einer Facette von Tomkes Charakter zu werden schien.

„Warum sollte er das tun?"

„Sämtliche Songideen der letzten Zeit hab ich darauf aufgenommen. Und ich meine nicht so ein wirres Zeug, das andere Leute ihre Songideen nennen. Ich rede von purem Gold. Die meisten Sachen davon haben echtes Potential. Du weißt, dass ich das nicht sagen würde, wenn es nicht wahr wäre."

„Schon klar. Aber was kann Consti mit deinen Aufnahmen anfangen?"

„Sag mal, hörst du nicht zu? Er muss damit nur zum nächsten Produzenten oder Verleger oder weiß der Teufel gehen. Die lecken sich die Finger nach solchem Material."

„Das Urheberrecht wird in Zukunft keinen Arsch mehr interessieren", ließ sich plötzlich eine Stimme aus dem Dunst hören, „oder es wird für so viel Verdruss sorgen, dass sich jeder, der damit zu tun hat (und wer hätte das nicht?), wünschen wird, es möge keinen Arsch mehr interessieren." Die Stimme gehörte zu einer Frau in dem Alter, in dem man die Verpflichtung spürt, ‚Sie' zu sagen, was bei solchen Frauen jedoch manchmal zu Verstimmung führt, weil sie meinen, sich altersmäßig noch auf Duz-Entfernung zu befinden. Wann hatte sie sich zu uns an den Tisch gesetzt? Oder war sie schon die ganze Zeit da gewesen, nur dass sie in dem Dunst nicht aufgefallen war?

Sie sah nicht wie die Frauen aus, die ihre Kleidung aus hochpreisigen Öko-Bestellkatalogen ordern, sondern eher die Variante, die die sichtbaren (und womöglich nicht-sichtbaren) Partien ihrer Haut mit Piercings perforieren und die mit jeder Menge Armbänder und Fingerringe behangen sind, die ich als ‚zigeunerhaft' bezeichnen würde, wenn das noch politisch korrekt wäre.

„Ihr wundert euch wahrscheinlich, dass ich so viel von der Zukunft rede", sagte sie in einem nach ehemaliger Sowjetrepublik klingenden Akzent, „das muss euch nicht verstören. Ich bin nämlich Hellseherin." Ich fand diese Vorstellung alles andere als überzeugend, denn mir war nicht einmal *aufgefallen*, dass sie über die Zukunft geredet hatte. Außerdem war es mir unangenehm von einer fremden Person auf diese Weise angesprochen zu werden. Also duckte ich mich sozusagen innerlich und hoffte, dass Tomke auf die Anrede reagieren würde, was er auch tat, aber anders als ich erwartet hatte. Lauernd wiederholte er:

„Wahrsagerin?" Was die Frau als wohlwollend auffasste, zumal sie sicherlich abwimmelndere Reaktionen gewöhnt sein dürfte.

„Na, habt ihr Bock drauf? Soll ich euch eure Zukunft verraten?" Ich fand nicht, dass sie das sollte. Vielmehr vergrub ich mich tiefer in den Gedanken, dass sie jetzt nicht mehr loszuwerden sein würde. Falls sie Gedanken lesen konnte, ließ sie sich das nicht anmerken.

„Es kostet nichts. Keine Sorge. Ich mach das bloß aus Hobby." Ich malte mir aus, wie irgendwo ihre Brüder, Schwager und sonstige männliche Clan-Angehörigen uns später in einem dunklen Winkel abpassen würden und wie es dann sehr wohl etwas kosten würde. Das war natürlich ein rassistisches Vorurteil und ich bekam ein schlechtes Gewissen. Und warum eigentlich ‚rassistisch'? Jedem Migranten eine eigene Rasse anzudichten, ist erst recht verwerflich. Was also? ‚Nationalistisch'? Das klang wenigstens nicht verharmlosend. Genau, bloß nicht verharmlosen, flüsterte eine meiner inneren Stimmen. Immerhin ist er dann kein Rassist, flüsterte die Gegenstimme. In dem Augenblick erschien die Bedienung, eine junge Farbige, und da ich schon mal auf der Gedankenschiene war, zweifelte ich, ob es als Weißer in Ordnung war, sich von einer Farbigen bedienen zu lassen. Wenn *das* nicht rassistisches Denken ist, flüsterte die erste Stimme.

Wir bestellten Bier und Tomke sagte:

„Fang du an." Er deutete ein Beiseite-Rücken an, damit ich freien Blick auf unsere Hellseherin hätte (oder sie auf mich).

„Warum ich?"

„Warum nicht du?"

„Ich weiß nicht. Ich glaub eigentlich nicht an sowas."

„Das macht nichts", mischte sich die Wahrsagerin ein und zog aus dem schummrigen Dunst, aus dem sie selbst erschienen war wie ein Muräne aus ihrer Höhle, ein Paket Tarotkarten. Sie ließ ein paar davon auf den Tisch klatschen und kündigte mir mein zukünftiges Leben an. Ich werde einen soliden Job bekommen, heiraten, zwei Kinder haben und mir ein Mittelklasseauto leisten können. Ich werde - alles in allem - ein Klon meines Vaters werden.

„Hört sich doch gar nicht so übel an", sagte Tomke mit einem Lächeln, das so tat, als sei es freundlich, in Wirklichkeit eine Mischung aus Spott, Verachtung und Triumph zum Ausdruck brachte.

Die Frau sammelte die Karten wieder ein und mischte sie, wobei sie versuchte, ein entrücktes Augenverdrehen hinzubekommen.

„Und jetzt du, Süßer." Sie betrachtete Tomke mit ein paar schlüpfrigen Blicken. Wieder klatschten die Karten auf den Tisch und als sie meinte, dass Tomkes Schicksal nichts mehr hinzuzufügen sei, packte sie den restlichen Stoß Karten auf den Tisch und drehte sich eine Zigarette.

„Wollen wir mal sehen. Du wirst viel unterwegs sein. Überall in Deutschland. Ja, ein richtiges Leben auf Achse. Für eine Familie wirst du nicht viel Zeit übrig haben. Dafür wirst du das tun, woran du glaubst. Du wirst deinen Träumen treu bleiben." Sie nahm einen Zug von ihrer Zigarette, hauchte ein paar magische Rauchkringel in die Luft, machte aber keine Anstalten, die Wahrsagung fortzusetzen. Nichts von einer kometenhaften Musikerkarriere, nichts von Millionen auf europäischen und außereuropäischen Konten, nichts von tosenden, überschäumenden Konzerthallen, nicht einmal was von einem Mittelklasseauto. Im Grunde hatte sie nicht von der Zukunft gesprochen, sondern von der Gegenwart.

„Und?", fragte Tomke, „das war's?"

„Jep, das war's."

Wir haben nie über die Begegnung mit der Hellseherin gesprochen. Ich bin mir kaum noch sicher, ob wir die Frau wirklich getroffen haben oder ob es nur ein Traum war, der sich in einem günstigen Augenblick unter die wahren Erinnerungen gemischt hat.

Geburtstag

Wie gesagt, ist der 9.6. mein Geburtstag. Ich wachte früh auf, krabbelte aus dem Bett und stieg aus dem Wohnmobil. Das Handy zeigte bereits eine SMS von Inga an:

„Das Glück besteht darin, zu leben wie die Welt und doch wie kein anderer zu sein. Alles liebe zum Geburtstag mein Allersüßester. Deine Inga."

Der Himmel war auf eine zarte, jungfräuliche Weise blau. Auf den Gräsern schimmerten Trilliarden Tautropfen. Genau so duftete es auch: grün und blau. Was dagegen für ein deprimierender Gestank im Bandbus herrschte! Vergossenes Bier und benutzte Socken. Wir haben schließlich keine Waschmaschine an Bord. Da fängt man an, sich auf das Notwendige zu konzentrieren. Also Unterhosen. Wir waschen sie im Spülbecken der Miniküche, an Raststätten, wir hängen sie in den Regen (wegen des weichen Wassers), ich hab auch mal welche ins Gras gelegt und das heiße Kartoffelwasser drübergegossen. Doch der Ehrgeiz in Richtung saubere Socken schwindet schnell, obwohl Socken im Zusammenspiel mit Füßen frappierenden Gesetzmäßigkeiten unterliegen. Nach einiger Zeit des Tragens bekommt der Stoff eine schmierig-käsige Konsistenz. Die leblosen Stoffsäcke verwandeln sich quasi in Untote. Ich weiß nicht, wie Verwesung riecht, doch etwa in die Richtung muss es gehen. Wobei: Ich

111

weiß schon, wie Verwesung riecht. Gestern hab ich die Portion Hackfleisch weggeworfen, die wir im Kühlschrank vergessen hatten. Es sah gar nicht mehr aus, wie rohes Fleisch, was mich neugierig machte. Ich piekte ein Loch in die Plastikpackung und schnupperte daran. Als ich den Würgreiz niedergerungen hatte, schlich sich die Angst ein, ich könnte durch das Schnuppern eine Fleischvergiftung erlitten haben. Na gut, im Vergleich dazu roch die käsige Sockenschmiere weniger bedrohlich. Aber wenn Constis Eltern den Geruch je wieder loswerden wollen, müssen sie das Wohnmobil verbrennen.

Ich setzte mich auf einen Campinghocker und lehnte mich gegen den Bandbus. Die Böschung am Rand des Parkplatzes war von Löwenzahn gelb gesprenkelt. Meine Mutter legte dem Geburtstagskind immer einen Kranz aus Blumen um den Frühstückstisch. Kranz ist vielleicht übertrieben. Es ist eher ein Halbkreis, bei dem die Blüte der einen Blume das Stielende der anderen berührt. An meinem vierzehnten Geburtstag fehlten die Blumen, als ich in die Küche kam. Ich sah meine Mutter erschrocken an, ob sie womöglich meinen Geburtstag vergessen haben könnte, was ja aber unmöglich war.

„Du bist jetzt strafmündig", sagte mein Vater, der bereits am Frühstückstisch saß. Er wollte wohl das Verweigern der Blumen irgendwie rechtfertigen. Das war natürlich heuchlerisch, denn er selbst genießt jedes Jahr die Frühstückstellerumkränzung, obwohl er im Februar Geburtstag hat, was die Sache für meine Mutter nicht einfacher macht. Im Grunde hatte mein Vater allerdings Recht und ich hätte es meinen Kumpels nicht auf die Nase gebunden, dass meine Mama mir Geburtstagsblumen an den Teller legte. Doch nun, da die Blumen fehlten, war es, als wollte man mir etwas wegnehmen, das auf intensive Weise mir gehört. Ebenso wenig hätte man mir Molli, mein ältestes Stofftier wegnehmen dürfen, obwohl er seit vier Jahren in der Ritze zwischen Matratze und Bettkasten ein unbeachtetes Leben führte. Und dann war da noch Caro. Mir gefiel der Gedanke nicht, dass sie weiterhin ein Privileg genießen durfte, auf das ich verzichten sollte. Meine Mutter lächelte mich an, wie nur Mütter das können (und in bestimmten Momenten - wie diesem jetzt - sogar dürfen). Dann konstruierte sie den Kreis aus Blumen, die sie heimlich schon in petto gehalten hatte.

Das ist schon Jahre her und diesmal also keinen Kranz, dachte ich, während ich das kühle Metall des Wagens am Rücken spürte. Es sei denn, ich pflück mir drüben an der Böschung ein paar Hundeblumen und dekorier mir selbst einen. Dann fragte ich mich, warum wir als Kinder eigentlich ‚Hundeblumen' zum Löwenzahn gesagt hatten. Und als mir eine plausible Antwort einfiel, hatte ich kein Interesse mehr, mir daraus eine Kranz zu winden. Ich stellte mir vor, wie meine Mutter trotz meiner Abwesenheit Blumen an meinen Platz legte. Und ich stellte mir vor, wie mein Vater einen wehmütigen Blick auf den leeren Stuhl warf. Und Caro würde in einem unbeobachteten Augenblick die Blumen vom Tisch grabschen und in den Müll werfen. Meine Mutter würde fragen:

„Wo sind denn die Blumen?" Und Caro würde sagen:

„Ich dachte, die wären aus der Vase gefallen." Als würden Blumen mal einfach so aus einer Vase fallen und in Halbkreisformation auf dem Tisch landen. Aber das waren ohnehin dumme Wunschträume. Es würde keine Blumen geben. Über mich sprechen und an mich denken, ja, das schon. In Gedanken sozusagen würden sie meinen Geburtstag feiern, wenigstens für einen Moment, bevor sie vom Alltag aufgesaugt werden. Und ich? Ich hockte hier an ein mit schmierig-käsigen Sockenzombies vollgestopftes Wohnmobil gelehnt und fragte mich, ob mein Leben sich wirklich auf Hochtouren in die Richtung bewegte, die ich immer ersehnt hatte.

Dann spürte ich das kleine Schwanken des Wohnmobils, das entsteht, wenn jemand sich darin bewegt. Tomke ist nicht der Typ, der an Geburtstage denkt oder Ansichtskarten aus dem Urlaub versendet oder eine SMS schickt, wenn man krank ist. Dennoch konnte ich nicht verhindern, dass in irgendeinem Winkel meines Kopfes ein Funke Hoffnung, er möge daran denken, vor sich hin glomm.

Die Tür öffnete sich und Tomke steckte den Kopf heraus.

„Hast du schon Kaffee gemacht?" Ich schüttelte den Kopf.

„Warum biste so früh wach?" Ich zuckte mit den Schultern. Der Funke erlosch.

„Ist was?" Ich schüttelte abermals den Kopf.

„Mann, was bist du wieder redselig. Vielleicht solltest du dir erstmal einen Kaffee machen." Er trottete auf die andere Seite des Wohnmobils und kurz darauf hörte ich das verräterische Plätschern. Warum konnte er nicht wenigstens bis zur Böschung zu den Hundeblumen gehen? Als er wieder zurück war, fragte ich:

„Weißt du, welches Datum heute ist?"

„Keine Ahnung. Der neunte, glaub ich." Ich wartete, ob die Nennung der Zahl etwas auslösen würde. Aber nichts. Er wusste meinen Geburtstag nicht, er hatte ihn nie gewusst und er hatte ihn sich nie irgendwo aufgeschrieben. Tomke ist nicht der Typ für Adressheftchen oder Taschenkalender, wie zum Beispiel meine Mutter sie benutzt und mit denen sie am Jahresende am Küchentisch sitzt, um die wichtigen Daten in den neuen Kalender zu übertragen.

Ich kletterte in den Bandbus und nahm die Glaskanne von der Heizplatte der Kaffeemaschine, als mir einfiel, dass kein Kaffeepulver mehr da war.

„Der Kaffee ist alle", sagte ich zu Tomke, „hast du noch Geld?"

„Ne, nimm was aus der Bandkasse."

Ich hatte die teuerste Sorte Kaffee in den Einkaufskorb gelegt und Marmelade mit extra hohem Fruchtanteil. Und frische Brötchen würde ich auch noch besorgen. Leider war nur eine Kasse geöffnet. An der saß eine Kassiererin, deren gewaltiger Körper mit einem Kran in das Kassenhäuschen gehoben worden sein musste. Die Haare hatte sie hochtoupiert, so dass der Blick des Betrachters bis auf die Kopfhaut hinuntertauchte. Gerade war eine Frau im Alter der Kassiererin an der Reihe (eine Nachbarin, Freundin oder Kollegin), aber anstatt den Bezahlvorgang abzuschließen, entspann sich zwischen den Frauen ein Austausch über Katzenbabyfotos und wo in der Küche diese ihrem herzerwärmenden Zweck am meisten dienlich seien. Als die Kassiererin dem Wachsen der Schlange für einen Augenblick ihre Beachtung schenkte, rief sie:

„Herr Sulke, komm mal und mach mal Kasse zwei." Sofort hastete ein junger Mann (kaum älter als ich) mit schmalen Schultern und talgiger Haut herbei, ein Wesen, wie es ausschließlich in Supermärkten existiert. Er setzte sich auf den Drehstuhl, aktivierte mit ein paar fahrigen Bewegungen die Kasse und begann sofort, Waren über den Scanner zu ziehen. Sein dürrer Hals ragte aus einem Ensemble aus Hemdkragen und Krawatte. Warum befahl man diesen Menschen auch noch, Hemd und Krawatte zu tragen? War nicht alles schon schlimm genug? Darüber trug er einen fleckigen Kittel, auf dessen Brust das Logo der Supermarktkette genäht und mit einer Sicherheitsnadel ein Plastikschildchen festgesteckt war: M. Sulke. Es durchfuhr mich. M wie Mika. Mika Sulke. Für einen fatalen Augenblick saß ich selbst mit scheuem Blick an der Kasse und versuchte so schnell wie möglich Frühstücksflocken, Batterien und Tütensuppen über den Scanner zu ziehen, um die Kunden nicht gegen mich aufzubringen. Als hätte ich für eine zehntel Sekunde in einer Kristallkugel das verzerrte Bild meiner Zukunft erblickt. Ich musste mich am Süßigkeitenständer festhalten.

Zum Glück vermied Mika Sulke den Blickkontakt. Nicht auf die geringschätzige Weise wie Doktor Brezniak das tat. Eher so, als schäme er sich, da zu sein. Dabei hätten die Leute doch froh über seine Existenz sein müssen, denn nun war wenigstens eine zweite Kasse geöffnet. Aber sie waren nicht froh. Sie hatten schlechte Laune, eigentlich ja wegen der dicken Frau, die sich unterhielt, anstatt zu arbeiten. Aber Mika Sulke war ein Magnet für schlechte Laune.

„Was soll das ganze Klimpergeld?", herrschte die Kundin vor mir Sulke an, als er ihr das Wechselgeld reichte.

„Haben Sie keinen Fünfer?" Sulke entschuldigte sich. Dann räusperte er sich und guckte hilfesuchend zu seiner Kollegin rüber. Das führte natürlich zu nichts und Sulke räusperte sich abermals, bis er sich schließlich dazu durchringen konnte, das Wort an sie zu richten:

„Frau Bärmann, Entschuldigung, haben Sie noch Fünfer?" Frau Bärmann - im Gespräch noch bei den Katzenbabyfotos - reagierte nicht, als säße sie hinter einer unsichtbaren Schallschutzwand.

„Schon gut", fauchte die Frau, die nach dem Fünfer verlangt hatte. Sie schnappte ihre Einkaufstüte und hastete zum Ausgang, als hätten die zusätzlichen Sekunden an der Kasse ihr Leben in gefährlicher Weise zum Stocken gebracht.

Wir parkten in einem Gewerbegebiet, das sich vom Stadtrand aus in die Landschaft fraß. Der größte Teil des Geländes war noch Baustelle und den ganzen Tag lang donnerten Baufahrzeuge an unserem Platz vorbei. Wenigstens verscheuchte uns niemand, obwohl Camping hier sicherlich verboten war. Und was heißt schon ‚Camping'. Das ist eine Sache von Ferien und Urlaubsstimmung. Was wir trieben, war eine Mischung aus Toleranztest und Selbsterfahrung. Dass die Reise im Zeichen der Musik stand, glaubte höchstens noch Tomke.

Für ihn stand alles im Zeichen seiner Musik, sogar wenn wir neue Methoden zum Unterhosenwaschen entwickelten. Eigentlich war ich ganz froh, dass er nicht an meinen Geburtstag dachte. Er würde ohnehin nur alles verderben. Er würde - ohne das auszusprechen - zu verstehen geben, dass es wichtigere Dinge als einen Geburtstag gab, dass Geburtstage im Grunde und wenn man mal ganz ehrlich ist, nur dazu da seien, sich selbst wichtig zu machen, also von der großen Sache abzulenken, also letzten Endes Verrat sind. Das steckte in fast allem drin, was er sagte oder tat. Consti hatte Recht, es wurde immer schlimmer mit ihm. Selbst wenn Tomke einem nach einem Nieser Gesundheit wünschte, klang ein Vorwurf durch. Deshalb war es Consti so wichtig, sein Studium zu verheimlichen. Und deshalb konnte ich Tomke auf keinen Fall was von meiner Schreiberei erzählen. Solche Sachen waren unverblümte Torpedos gegen die heilige Sache, gegen seine Musik, gegen DIE Musik.

Mir fiel ein, dass ich die Brötchen vergessen hatte. Was soll's! Wenn man an seinem Geburtstag die Brötchen selbst besorgen muss, ist es ohnehin falsch. Das beste würde sein, wenn ich das heutige Datum einfach vergaß. Vielleicht stimmte es ja ein bisschen, vielleicht war dieses ganze Geburtstags-Ding eine Spielart von Egozentrik.

An diesem Abend hatten wir keinen Auftritt. Tomke fragte, ob ich mit Spiro und ihm in die Stadt gehen wolle. Vielleicht gäbe es ja einen Laden, in dem man es für ein paar Bier aushalten könne. Sonderbar, Consti fragte er gar nicht erst. Das hatte sich so eingespielt. Consti würde natürlich an seinen Mathe-Aufgaben rumfriemeln. Ich lehnte ebenfalls ab, obwohl die Aussicht, mit dem rechnenden Consti im Wohnmobil zurückzubleiben, eine antigeburtstagsmäßige Unlust heraufbeschwor.

Zu meiner Überraschung fand ich mich jedoch allein wieder. An meinem Geburtstag allein im sockenstinkenden Wohnmobil. Jetzt wünschte ich doch, Consti wäre hier. Ich holte mein Heft raus und setzte mich an das Tischchen, das wir draußen unter der Markise stehen hatten. Die Bauarbeiter hatten Feierabend gemacht. Stille wie nach einem Atomschlag. Nur das Krächzen von ein paar Krähen, die aus dem Totenreich herübergeflattert waren, schrapte durch die Luft. Ich schrieb:

Wie gesagt, ist der 9.6. mein Geburtstag...

„Na, wieder bei deiner Schriftstellerei?" Consti war zurückgekommen, ohne dass ich ihn bemerkt hatte. Er trug eine Plastiktüte, als sei er einkaufen gewesen.

„Geht's voran?"

„Ist nicht mein bester Tag."

„Es ist dein Geburtstag, oder?"

„Woher weißt du?"

„Facebook." Stimmt, mein Facebook-Account. Sogar diese blödsinnige Software konnte sich meinen Geburtstag merken. Consti angelte mit einem Arm in der Tüte und zog etwas hervor, das in Geschenkpapier eingewickelt und mit Zierband geschmückt war. Er legte das Paket auf den Tisch.

„Für mich?"

„Nichts Dolles, aber kannst du vielleicht gebrauchen." Ich nahm das Geschenk und wog es in der Hand.

„Ein Buch?"

„Mach schon auf!" Ich fummelte das Band ab und entfernte vorsichtig das Papier, als wolle ich es später weiterverwenden.

„ ,Wie man einen guten Roman schreibt'", las ich den Buchtitel laut vor, was ja irgendwie Quatsch ist, denn Consti durfte wohl annehmen, dass ich lesen kann, und ich durfte annehmen, dass Consti den Buchtitel kannte. Klar, dass er bei einer so sinnlosen Äußerung nicht wusste, was er sagen sollte. Er senkte den Blick in die Plastiktüte und beugte sich dazu nach vorn, als könne er ansonsten unmöglich bis auf den Grund der Tüte gucken.

„Ich hab auch Grillfleisch mitgebracht." Zwei mit Zellophan umwickelte Styroporschälchen und ein Sechserträger Bier kamen zum Vorschein. Ich überlegte, ob Consti eigentlich der bessere Freund als Tomke war. Obwohl ich ihn bisher gar nicht wirklich als Freund betrachtet hatte. Er war mir ein bisschen zu... ja, langweilig. Aber vielleicht sind die Lieben zwangsläufig die Langweiligen. Kann doch sein.

Dann fiel mir die Tüte auf.

„Zoohandlung Brauser?"

„Ich hab Nagerfutter mitgebracht." Ich schob mir Fragefalten in die Stirn.

„Futter für Nagetiere."

„Meinst du das kann man essen?"

„Was heißt ,man'? Nager fressen das. Ratten zum Beispiel."

„Ja eben, Ratten", sagte ich.

„Ich hab mir eine angeschafft. Eine Ratte." Consti ist nicht der Typ, der häufig Witze macht. Hatte er wirklich was mit einer Ratte am Laufen?

„Als Haustier oder was?"

„Na ja, Tomke und du, ihr seid Freunde. Und Spiro hat seinen Whiskey. Manchmal fühl ich mich etwas verloren."

„Ach, Tomke und ich. Siehst du ja. Er denkt nicht mal an meinen Geburtstag und zieht immer nur mit Spiro los. Aber sag mal, hast du die Ratte hier im Wohnmobil?"

„Wo denn sonst?" Ich guckte zur offenen Tür, als bestünde die Aussicht, dass eine Ratte erscheinen und sich mit einer Verbeugung vorstellen würde.

„Sie ist im Staufach unter der Sitzbank", sagte Consti, verschwand kurz im Bus und erschien wieder mit einem Käfig in den Händen. Für eine Ratte war das Tier nicht besonders groß. Es hatte braunes Fell mit einem weißen Tupfen auf dem Rücken.

„Ich hab sie Vollmilch getauft."

„Hübscher Name", antwortete ich, obwohl die meisten Rattenbesitzer den Namen wohl eher uncool finden. Consti hatte ihn mir trotzdem verraten. Er hatte mir quasi einen verletzlichen Punkt von sich gezeigt. Und das hatte ich schon so empfunden, bevor das passierte, was später passierte.

Am nächsten Tag zog ich bei der nächsten Gelegenheit das Buch hervor und fing an, meinen zukünftigen Beruf zu studieren. Nach dem ersten Kapitel musste ich zugeben, dass ich mir das einfacher vorgestellt hatte.

Andauernd tauchten Wörter wie ‚Linguistik' und ‚Kontext' auf. Im zweiten Kapitel wurde der Vorschlag unterbreitet, sich ein Vokabelheft anzulegen, wie damals im Englischunterricht. Um den Wortschatz zu erweitern, denn die Wörter seien das Baumaterial für den Autoren wie die Ziegelsteine für den Maurer. Die Metapher (das ist auch eines von meinen neuen Wörtern) leuchtete mir ein und ich beschloss, mein Reserveheft zur Vokabelsammlung zu machen. Von nun an fing ich also an, mich zu professionalisieren.

Gnoti seauton

„Meint ihr, dass Möwe viele Freunde hat?", fragte Consti vorgestern. Wir gastierten in einem malerischen Örtchen, das mich an die damalige Klassenfahrt erinnerte und das nun dran sein sollte, von uns gerockt zu werden. Wenn ich ehrlich bin, weiß ich nicht, wo wir waren. Es konnte Franken sein oder Schwaben oder sonst irgendwas. Man fährt die meiste Zeit auf irgendwelchen Straßen rum, baut abends auf, spielt dieselben Stücke wie immer, baut wieder ab, schläft und fährt dann wieder auf irgendwelchen Straßen rum. Da verliert man ziemlich schnell die Orientierung. Was ich wusste, war, dass wir seit etwa sechs Wochen unterwegs waren. Sechs Wochen mit vier Leuten in einem Wohnmobil sind ein echter Test für die Toleranz.

„Wie kommst du darauf, wie viele Freunde er hat?", fragte Tomke.

„Unsere Bandkasse beinhaltet zur Zeit vierundfünfzig Euro", antwortete Consti.

„Na und? Willst du jetzt den Buchhalter raushängen lassen, oder was?", sagte Tomke.

„Gemessen an der bisherigen Entwicklung dürfen wir von durchschnittlich zehn Euro Einzahlung in die Bandkasse pro Woche ausgehen. Das bedeutet hochgerechnet, dass wir noch fünfundsiebzig Wochen auf

Tour sein müssen, um die achthundert für Möwe zusammenzukriegen", rechnete Consti vor.

„Ja, Scheiße noch mal", rief Tomke, „wir hatten Rückschläge." Consti verzog keine Miene.

„Gut", sagte er, „seien wir optimistisch und legen eine Steigerung der Einnahmen um hundert Prozent zu Grunde, dann sind wir bei 37,5 Wochen." Selbst Spiro sah nicht aus, als sei das für ihn eine frohe Nachricht.

„Meinetwegen", sagte Tomke, „und was hat das mit der Anzahl der Möwe-Freunde zu tun?"

„Was passiert, wenn wir ihm das Geld nicht geben?", fragte Consti.

„Freunde sind Leute, mit denen man Spaß haben kann. Für das, was du befürchtest, braucht er keine Freunde. Das geht auch anders", mischte sich nun Spiro ein.

„Das sehe ich aber anders", antwortete Consti, „Freunde sind Leute, die einem manchmal einen Gefallen tun. Dass Möwe Leute kennt, die das tun, sollte man nicht ausschließen." Ein Freund, dachte ich, ist jemand, den man einfach seiner selbst wegen gern hat, nicht wegen Spaß oder irgendwelcher Gefallen. Ich sah Tomke an, sagte aber nichts, denn das war natürlich nicht der Punkt, um den es ging.

„Scheiß drauf", sagte Tomke, „ich hab Hunger. Da hinten ist ein Grieche. Die vierundfünfzig Euro machen den Kohl auch nicht fett. Wenn wir schon eine Grundsatzdiskussion führen müssen, dann wenigstens mit vollem Bauch."

Das Restaurant war nur mäßig besucht, obwohl fast alle Tische belegt waren. Die Tische waren auf griechische

Großfamilien berechnet, aber reichlich überdimensioniert für die Gegend hier, wo achtzig Prozent der Familien mehr Autos als Kinder haben oder wenigstens ein Auto, das aussieht, als könnte man daraus zwei machen. Nur ein Tisch war voll besetzt, - von Leuten, die ihr hundertjähriges Klassentreffen feierten. Wir suchten einen Tisch, der möglichst weit von dem Spektakel entfernt war, mit dem diese Leute, die mich stark an meine Eltern erinnerten, ihre gute Laune unter Beweis stellten. So landeten wir gegenüber einem großen Spiegel, der mit dem Sinnspruch überschrieben war: Gnoti seauton!

„Erkenne dich selbst!", sagte der Kellner, der plötzlich an unserem Tisch aufgetaucht war. Zuerst glaubte ich, das sei eine schrullige Art, nach unseren Wünschen zu fragen, dann begriff ich, dass er meinem Blick gefolgt war und die Übersetzung für den Spruch geliefert hatte.

„War meine Idee, das auf den Spiegel zu schreiben." Er trug eine schwarze Tuchhose, ein weißes Hemd und hinten im Hosenbund steckte ein schwarzes Kellnerportmonee, das locker drei Kilo Geldmünzen verkraften konnte. Seine Unterarme waren von selbstgemachten Tätowierungen verunstaltet, einer Neun und einer Sechs. Mein Herz machte einen Hüpfer. Der Kerl trug mein Geburtsdatum auf dem Arm! Erst der Erkenne-dich-selbst-Spruch und nun das. Als wollte ein magisches Schicksal mir einen Wink geben. Ich guckte mich um, ob noch irgendwo ein geheimer Hinweis war, den ich nicht verpassen durfte. Aber ein Hinweis auf was? Schließlich landete mein Blick wieder im Spiegel. Der Kellner stand immer noch leicht vorgebeugt an unserem Tisch;

inzwischen im Geplauder mit Tomke, der den Grillteller ‚Athen' bestellte. Aber irgendwie hatte ich das Gefühl, dass der Kellner (oder was immer er wirklich war) mich die ganze Zeit im Auge behielt. Er war etwa so alt wie ich, vielleicht aber auch schon über dreißig. Und wo war er gelandet? Als Kellner in einem griechischen Lokal oder besser gesagt: in einem Lokal, in dem man Speisen mit Namen griechischer Städte anbot. Was war das anderes als die Sackgasse des Lebens! Klauen der Angst packten mich an der Kehle. Was war meine Sackgasse? Meine Bestimmung? Erkenne dich selbst, feixte der Spiegel. Ich versuchte, mich zu beruhigen und zählte die Atemzüge.

Na gut, das konnte doch nicht so schwer sein. Wer bin ich? Ich bin ich, und zwar von Geburt an, zumindest in gewisser Weise. Ich will nicht sagen, dass ich von Anfang an komplett da war so wie jetzt, aber ein Kern von mir war bereits vorhanden. Dasselbe gilt offenbar für meinen Namen. Na gut, den hab ich mir nicht ausgesucht. Aber das ist es ja gerade: Mich selbst hab ich auch nicht ausgesucht. Zum Beispiel, dass ich den Herbst mag oder dass ich schüchtern bin. Wobei, schüchtern ist fast untertrieben. Meistens lebe ich wie in einer Rüstung, die mich zu anderen Leuten auf Distanz hält. Meine Grundbefindlichkeit ist daher Einsamkeit.

Laute, gesellige Menschen, die immer wissen, was richtig und was falsch ist, sind mir eigentlich suspekt. Manchmal ziehen sie mich auch an. Tomke wäre so ein Fall. Manchmal möchte ich sogar so sein wie sie. Aber nicht wirklich.

Ich habe Angst vor dem Tod. Verständlich, wenn man vor Kurzem zwanzig geworden ist. Wenn man tot ist, ist man nicht mehr. Für ewig. Ewig ist verdammt lang. Ich meine, was soll die Welt und der ganze Rest, wenn ich nicht mehr dazugehöre? Wenn ich tot bin, so könnte man einwenden, muss mich das nicht mehr interessieren. Dann krieg ich das alles nicht mehr mit. Ja schon, aber jetzt, jetzt bin ich noch da. Und die Angst. Im Spiegel betrachtete ich mein bleiches, todgeweihtes Gesicht. Gnoti seauton. Unterm Strich also Angst und Einsamkeit. Da könnte man sich fragen, warum ich eigentlich so am Leben häng.

Dieser Moment der Erleuchtung hatte höchstens eine halbe Minute gedauert.

„Alles in Ordnung?", fragte Spiro.

„Ja klar", antwortete ich, obwohl ich zweifelte, ob es nicht ein Verrat an der Erleuchtung war, wenn man direkt im Anschluss zu den üblichen Lügen überging. Andererseits war das auch nicht der passende Moment, über Selbsterkenntnis zu philosophieren.

„Also was wollt ihr machen?", fragte Tomke, als seien wir an der Misere schuld und daher auch für eine Lösung verantwortlich.

„Wir brauchen mal eine Pause voneinander", antwortete Consti, „wir sind alle etwas mit den Nerven runter, wie mir scheint."

„Wir fahren zurück - oder was soll das heißen?" Consti starrte auf den Tisch und nickte.

„Das sollten wir tun." Ganz überzeugt klang er nicht, aber wie sollte er auch. Er war auf Tour gegangen, um seine Eltern auszutricksen und Mathe zu studieren. Wenn er die Rückfahrt vorschlug, war das ein sicheres Zeichen, dass er es wirklich nicht mehr aushielt.

„Was sagst du, Spiro?", wollte Tomke wissen.

„Mir macht das mit der Kohle Kopfzerbrechen. Also dass wir keine haben. Oder nicht genug."

„Genug wofür?"

„Zum Beispiel für eine Werkstatt. Falls mal was am Auto ist. Habt ihr eine Ahnung, was das kostet? Unter tausend Euro kommst du bei so einem Wohnmobil nicht weg. Da wette ich drauf. Wir müssen also auf jeden Fall zurück, solange die Schüssel noch fährt." Der Kellner erschien, indem er vier Teller auf Händen und Unterarmen balancierte.

„Wohl bekomm's", sagte er und guckte mich aus den Augenwinkeln an wie die böse Fee aus dem Märchen. Mir schoss der Gedanke durch den Kopf, dass das Essen verwunschen sein könnte. Ein Bannzauber. Wenn ich davon esse, werde ich das Lokal nie wieder verlassen können. Man würde mich zwingen ein weißes Hemd zu tragen und der Hosenbund wäre vollgestopft mit kiloschweren Kellnerportmonees.

„Was ist mit dir?", fragte Tomke nun, „willst du auch zurück?" Ich wischte den unsinnigen Zauber-Gedanken zur Seite und wollte irgendwas Entschlossenes sagen, meine Meinung unmissverständlich auf den Tisch krachen lassen wie eine Faust. Nur leider war jede Meinung wie weggeblasen. Ich spürte in mich hinein, um zu erfahren, was ich wirklich wollte. Natürlich sehnte ich mich nach meinem Zimmer. Ein eigenes Zimmer mit einer Tür, die man zumachen konnte. Und nach einem selbstvergessenen

Nachmittag auf unserer Terrasse, wenn das Licht verträumt durch den Sonnenschirm sickert und der Rest der Welt vergessen zu haben scheint, dass es mich gibt, und ich mit Kafka, Steinbeck oder sonst einem von den Leuten allein sein kann. Aber bedeutete *zurück* nicht auch: *Sackgasse*? Zurück zu meinen Eltern? Zurück in mein Kinderzimmer? Und dann? Kellner in einem griechischen Lokal werden, während der mit den Jahren immer fadenscheinigere Traum von der Schriftstellerei zum Wahrzeichen meines Verlierertums mutiert?

„Ich weiß nicht", sagte ich und spürte, wie erbärmlich das klang. Ich wollte noch etwas hinzufügen, wusste aber nicht was. Das krächzige ‚ich weiß nicht' hing in der Luft wie ein Symbol meiner Jämmerlichkeit.

„Nehmen wir also an, wir fahren zurück", sagte Tomke, „was ist dann mit Möwe? Wir schulden ihm achthundert Euro."

„*Du* schuldest ihm achthundert Euro. Du hast mit ihm den Deal gemacht, ohne uns zu fragen", sagte Consti. Ich überlegte, ob ich sagen sollte, dass ich dabei war, als Tomke den Handel mit Möwe geschlossen hatte. Bevor ich dazu kam, mischte sich Spiro ein:

„Komm Consti, das kannst du nicht bringen. Du bist mit auf Tour gekommen, also hängst du mit drin." Consti warf einen feindseligen Blick auf Tomke, als hätte der Spiro vielleicht bestochen, das zu sagen.

„Meint ihr, dass Möwe gefährlich ist?", fragte ich.

„Wieso soll der gefährlich sein?"

„Weil er bestimmt Leute kennt. Ich mein Leute von der fiesen Sorte." Consti und Tomke schwiegen.

„Möwe ist eigentlich ein ganz umgänglicher Kerl", sagte Spiro nach einer Pause. Tatsächlich? Woher wollte Spiro das wissen? Oder wollte er uns bloß trösten? Consti und Tomke schwiegen weiterhin und ich wusste auch nicht, was ich sagen sollte.

Rattenloch

Zwei Tage später waren wir auf jeden Fall immer noch auf Tour. Tomke und ich durchstreiften irgendeine Innenstadt, eine adrette Fußgängerzone, die von einem künstlichen Bächlein durchplätschert wird, wie es für solche Orte, die einen touristischen Status zu verteidigen haben, seit ein paar Jahren üblich ist. In den Erdgeschossen der Fachwerkhäuser hatten sich Boutiquen und Handyläden heimisch gemacht. Die Geschäftstüren waren trotz der Hitze geschlossen, was auf den Luxus von Klimaanlagen hinwies. Wir fragten einen Passanten mit Hut nach einem Musikaliengeschäft. Der Hutträger antwortete etwas in dem ansässigen Dialekt. Ob er unsere Frage verstanden hatte, ließ sich nicht entscheiden. Wir schlenderten aufs Geratewohl weiter; mehr als eine Viertelstunde würde die Erkundung der Innenstadt nicht brauchen. Mehr Zeit würde es kosten, aus einem Einheimischen eine verständliche Antwort zu holen. In einer Seitengasse stießen wir tatsächlich auf einen Laden, der Klaviere, Klarinetten und Konzertgitarren vertrieb. Die Instrumentennamen waren als Klebebuchstaben am Schaufenster angebracht, wobei das große K sich jeweils schnörkelig um sich selbst rankte, bis es Ähnlichkeit mit einem Violinschlüssel hatte. Unter dem Dreiklanggebimmel eines Türglöckchens betraten wir das Geschäft. Der Inhaber, ein übergewichtiger Vollbart- und Brillenträger, dessen T-Shirt mit der Aufschrift „J.S. Bach barockt' geschmückt war, antwortete auf unsere Anfrage, ob er Instrumentenkabel führe, mit der Erklärung, dass er von elektrisch unterstützter Musik nichts halte.

„Das ist eine Manipulation, die das Echte der Musik zerstört. Alles, was einem die Sache vereinfacht, zerstört die Echtheit." Dazu lächelte er missionarisch, obwohl er genau wusste, dass er uns nie und nimmer auf seinen Pfad musikalischer Tugend würde hinüberlocken können. Er wollte bloß ein wenig klugscheißen und gegen die ‚jungen Männer' sticheln, die nach etwas gefragt hatten, das er nicht verkaufte (und auch nicht verkaufen *wollte*). Wir hatten - wenn man es aus seiner Sicht betrachtete - angefangen. In solchen Läden kann es schnell passieren, dass man quasi in einen Kulturkampf gerät. Das kannte ich schon. Normalerweise geht Tomke dann in die Luft wie eine Silvesterrakete. Doch diesmal wirkte er müde und lustlos. Dass wir mit leeren Händen in die Heimat zurückkehren würden, verdüsterte seine Seele.

„Also im Klartext: du hast keine Kabel, oder was?", fragte Tomke. In Läden, in denen man für ‚elektrisch unterstützte Musik' einkaufen kann, duzt man einander. In Geschäften wie diesem hier tut man das nicht. Tomke hatte sozusagen eine linguistische Grenzverletzung begangen. Besorgt schaute ich auf den Inhaber. Doch sein Lächeln hatte sich keine Spur verändert, nur dass es durch den neuen Kontext seinen feindseligen Charakter offenbarte.

„Sehr richtig, junger Mann, keine Kabel. Denn für richtige Musik braucht man keinen Strom und keine Kabel."

„Alles klar, denk daran, wenn du dir nächstes Mal eine CD von deinem Bach reinschiebst", sagte Tomke. Damit machten wir kehrt und verließen den Laden. Kabel hatten wir immer noch nicht, aber im Grunde war das auch egal, da unsere Tour ja doch am Ende angelangt war.

Als wir zum Bandbus zurückkamen, saß Spiro draußen unter der Markise und rauchte eine Zigarette. Er sah blasser aus als sonst.

„Drinnen riecht es", sagte er, „nicht schön, aber unvermeidlich."

„Wo ist Consti?"

„Nicht da, keine Ahnung." Die Tür des Wohnmobils stand offen und Brandgeruch lag in der Luft. Mich überkam eine böse Ahnung.

„Hast du was in der Küche anbrennen lassen?", fragte ich.

„Wir hatten Besuch."

„Was für Besuch?"

„Ich hab ja gesagt, dass das hier ein scheiß Kaff ist", sagte Spiro, „ein verdammtes Rattenloch."

„Was meinst du mit Rattenloch?", fragte ich.

„Genau das meine ich: Rattenloch. Wir hatten eine verdammte scheiß Ratte im Bus. Ich meine, sie war wirklich drinnen, guckte mich an, als wollte sie sagen: ‚Hey, was machst du hier? Geh mir nicht auf' n Sack'." Spiro guckte auf seine Schuhe und sog an der Zigarette. Okay, er war auf eine Ratte gestoßen. Vielleicht hatte es sich nicht um Constis Ratte gehandelt, sondern es war tatsächlich einer der nacktschwänzigen Schädlinge bei uns eingedrungen, um mal unseren Proviant zu checken. Und wenn es doch Vollmilch gewesen war, hieß das nicht automatisch, dass etwas Schlimmes passiert sein musste.

„Was hast du mit der Ratte gemacht?", fragte ich.

„Ich hab sie gekillt. Ich hab das verdammte scheiß Viech gekillt."

„Und was stinkt hier so?", fragte Tomke.

„Du musst sie an Ort und Stelle anzünden. Das ist die einzige Sprache, die die Mistviecher verstehen. Ziemlich unschön, ist aber die einzige Möglichkeit, um vor dem Ungeziefer sicher zu sein. Ratten sind keine Einzelgänger, weißt du. Ich hab das dämliche Vieh in den Blechkübel gesteckt, dann Spiritus drüber und ein Streichholz rein. Was für ein dämliches Vieh. Ihr könnt euch nicht vorstellen, wie das Aas gequiekt hat. Echt heftig."

„Du hast sie bei lebendigem Leib verbrannt?", wollte ich wissen. Keine Frage, es war Vollmilch. Wie hätte er eine wilde Ratte einfach in den Blechkübel stecken können?

„Ja klar bei lebendigem Leib. Von wegen der Abschreckung. Hast du Mitleid mit einer scheiß Ratte, oder was? Du solltest lieber mit mir Mitleid haben. Ich meine, das kostet schon Nerven, so eine scheiß Ratte anzuzünden, auch wenn es nur eine scheiß Ratte ist."

„Wie sah sie aus?"

„Wie sie aussah? Bist du blöd? Wie eine Ratte sah sie aus."

„Ich meine das Fell. War das Fell normal rattengrau oder eher braun, ungefähr wie Schokolade?"

„Was?"

„Im Ernst. Welche Farbe hatte das Fell?"

„Na ja, wenn du mich so fragst, würde ich sagen ... braun. Ja, es war braun. Hinten am Rücken war ein weißer Fleck, glaub ich. So genau hab ich das Viech nun auch nicht untersucht."

„Was ist denn los?", fragte Tomke, „stimmt irgendwas nicht?"

„Ich glaube", sagte ich, „das war nicht irgendeine Ratte, es war Vollmilch. So hat Consti seine Ratte getauft."

„Er hat sie getauft", wimmerte Spiro.

„Seine Ratte?", sagte Tomke, „der Spinner hat sich ein Haustier angeschafft? Irgendwie hat er doch einen an der Klatsche, wenn ihr mich fragt. Na ja, egal, Consti wird es schon überwinden." Aber Spiro schüttelte hektisch den Kopf. Er war wirklich mit den Nerven am Ende.

„Ich weiß nicht", sagte er, „Consti macht in letzter Zeit einen ziemlich labilen Eindruck. Das könnte der Tropfen sein, der das Fass zum Überlaufen bringt."

Ich dachte wieder an ‚Shining' mit Consti in der Rolle des Jack Torrance.

„Wir müssen die Ratte verschwinden lassen. Wir behaupten dann, dass sie weggelaufen ist oder sowas", sagte ich.

„Wir können auch einfach so tun, als wüssten wir nichts von einer Ratte", schlug Tomke vor, „dann muss er sich selbst die Schuld geben, dass sie weg ist."

„Ne, das bring ich nicht", sagte Spiro, „verdammte Kacke, ich hab sie angezündet! Und da soll ich tun, als sei nichts gewesen? Du hast keine Ahnung, wie die gequiekt hat."

„Egal", sagte ich, „auf jeden Fall müssen wir uns beeilen und sie beerdigen, bevor Consti wieder auftaucht. Vielleicht hinten bei den Büschen." Tomke zog die Oberlippe hoch:

„Beerdigen, klar man, wir können ihr ja auch noch ein Holzkreuz basteln: ‚Hier ruht Vollmilch'." Ich griff den Blechkübel, ohne auf Tomke zu achten. Ich hatte mich schon häufig während der Tour für ihn geschämt, aber nun fand ich ihn einfach nur ätzend. Es war ihm egal, was mit Consti war, Hauptsache der spielte ordentlich Bass. Und wahrscheinlich bin ich ihm auch egal. Vielleicht haben die Leute, die sagen, Tomke sei ein Arsch, recht.

Aus dem Kübel quoll ein Gestank, als hätte jemand sein Fleisch auf dem Grill vergessen. Ich traute mich nicht reinzugucken.

„Schau mal, ob wir was haben, womit man ein Loch buddeln kann", sagte ich zu Spiro, der daraufhin in den Bandbus stieg und sich auf die Suche machte.

„Da ist er", sagte Tomke plötzlich. Ich drehte den Kopf, während ich versuchte, den Kübel hinter meinem Körper zu verbergen. Mit den Händen in den Taschen schlenderte Consti auf uns zu. Er sah ziemlich vergnügt aus für seine Verhältnisse. Ich hatte gedacht, wir bringen es ihm schonend bei, aber das würde jetzt schwierig werden.

„Na, alles klar bei dir?", sagte er. Ich guckte mich um. Tatsächlich, Tomke hatte sich verkrümelt.

„Ja, alles prima. Wo kommst du her?"

„War spazieren", antwortete Consti, „haben hier eine tolle Landschaft."

„Ja", sagte ich, konnte aber an keine Landschaft denken, sondern nur an den verkohlten Rattenleichnam im Kübel. Consti steuerte auf die Tür zu und weil ich vergessen hatte Platz zu machen, kam er zu nah heran.

„Was riecht hier so?" Ich spürte wie mir das Blut in den Kopf pumpte.

„Ich hab was anbrennen lassen. Hab den Herd aber schon wieder sauber. Also, alles in bester Ordnung." In dem Augenblick erschien Spiro und streckte zwei Löffel in die Luft.

„Wir müssen das Loch hiermit buddeln. Was anderes hab ich ..." Dann entdeckte er Consti und machte ein Gesicht, das auch dem Arglosesten was gesteckt hätte.

„Was für ein Loch?", wollte Consti wissen. Ja, was für ein Loch? Ich warf einen hilfesuchenden Blick zu Spiro rüber, aber der zuckte mit den Schultern.

„Ein Loch für das angebrannte Essen. Das stinkt uns sonst die Bude voll", sagte ich. Consti ließ seinen Blick von mir zu Spiro wandern und wieder zurück.

„Ist das da drin?", fragte er und deutete mit dem Kinn auf den Blechkübel.

„Ja, genau." Für ein paar Sekunden standen wir einfach nur da, ohne dass jemand was sagte. Dann brach Consti das Schweigen:

„Ihr erzählt doch Mist. Ein Loch für angebranntes Essen - so ein Quatsch!"

„Wieso Quatsch?", sagte Spiro, „kann doch sein."

„Nein, kann nicht sein. Zeig mal her." Ich schüttelte den Kopf und hielt den Kübel so, dass Consti nicht herankam. Der wurde langsam nervös.

„Zeig mir den verdammten Kübel! Was soll das Getue?"

„Nein", sagte ich, „das willst du nicht sehen." Nun dämmerte ihm allmählich, worum es ging.

„Was ist passiert? Was..." Er guckte durch die offene Tür des Wohnmobils.

„Hast du den anderen was von Vollmilch erzählt? Wo ist er?" Consti schickte sich an, in den Bandbus zu steigen.

„Vollmilch ist nicht da", sagte ich. Mit einem Fuß auf der Stufe blieb Consti stehen.

„Wo ist er?"

„Er ist verbrannt", sagte ich leise, ohne Consti anzusehen, „es war ein Unfall."

„Ein Unfall?", fragte Tomke, der plötzlich wieder aus dem Nichts aufgetaucht war, „Spiro hat sie angezündet, weil er dachte, wir hätten eine Ratte im Bandbus."

„Wieso ,dachte'?", verteidigte sich Spiro, „wir hatten doch wirklich eine Ratte im Bus." Consti sah uns an, als wären die drei widerwärtigsten Exemplare der Menschheit vor ihm angetreten. Vielleicht waren sie das auch. Zumindest fühlte ich mich so.

„Und jetzt wolltet ihr ihn heimlich verscharren, ja?", fragte Consti. Seine Stimme bebte. Er starrte auf den Kübel, den ich immer noch in der Hand hielt.

„Mika meinte, wir sollten es dir schonend beibringen", sagte Spiro.

„Ja, darin seid ihr ganz groß. Los, gib den verdammten Kübel her." Er riss ihn mir aus der Hand und warf einen Blick hinein.

„Oh, verflucht", stöhnte Consti auf und stülpte schnell wieder den Deckel drüber. Schließlich grapschte er Spiro noch die Löffel aus der Hand und marschierte nach hinten zu den Büschen.

„Vielleicht sollten wir ihm beistehen", meinte Spiro. Doch Tomke antwortete, dass Consti jetzt wohl am liebsten allein sei mit seinem toten Rattenfreund. Ich denk auch, dass er niemanden um sich haben wollte. Dass er vor allem *mich* nicht um sich haben wollte. Denn ich bin sicher, dass er, wenn er uns für Arschlöcher hielt - und das tat er offensichtlich - mich für das Hauptarschloch hielt. Ich begreife nur nicht, wie das gekommen war. War ich von uns drei nicht der Unschuldigste? Auf jeden Fall konnte ich nicht zu ihm gehen und versuchen, ihm irgendwas zu erklären. Wer sich verteidigt, klagt sich an - einer der Lieblingssprüche meines Vaters, wenn ich ihm mit stichhaltigen Argumenten auf die Pelle rückte.

Nach der Beisetzung seiner Ratte verschwand Consti und kam erst eine halbe Stunde vor dem Auftritt zurück, ohne ein Wort mit uns zu sprechen. Den Gig spielte er nicht schlecht, aber er stand so merkwürdig auf der Bühne rum, als gehöre er gar nicht zur Band. Das Publikum merkte davon nichts oder es war ihm egal, denn es fand uns ohnehin scheiße. Der Veranstalter hatte uns nämlich unter der Rubrik ‚Heavy-Metal-Abend' angepriesen. Er meinte, das würde mehr Leute ziehen, was wohl auch stimmte und für den Kartenverkauf von Vorteil ist. Aber nicht unbedingt für die Band, die dann auf die Bühne tritt und schon am Outfit abschätzen kann, dass sie nicht die nötige Bindung zum Publikum finden wird. Nach dem Konzert erklärte uns der Veranstalter:

„Nochmal werde ich euch wohl leider nicht buchen können. Euer Name ist hier jetzt sozusagen ‚verbrannte Erde', falls ihr versteht, was ich meine." Er händigte uns die vereinbarte Gage aus und wünschte uns sogar noch viel Erfolg für die Zukunft. Ich dachte, dass er sich irgendwie spiegelverkehrt zu mir verhielt: Oberflächlich schien er ganz okay und korrekt, aber in Wirklichkeit war er ein Arsch, während ich mich im Grunde für keinen Arsch hielt, aber für Consti offenbar so aussah. Dann trudelte ausgerechnet noch eine SMS von Inga ein:

„Du bist einzigartig wie jede Blume auf der Wiese, jeder Schmetterling in der Luft, jeder Fisch im Wasser und jeder Baum in Wald. Bleibe sowie du bist."

Und wie stand es mit der Einzigartigkeit von Ratten?

Am nächsten Morgen saßen Tomke, Spiro und ich im Schatten der Markise und unterhielten uns über das Wetter, das so schwül war, dass man es mit dem Teelöffelchen hätte umrühren können. Wir hätten auch über irgendwas anderes reden können, Hauptsache wir hielten uns davon ab, an die Zukunft zu denken. Mit dem Ableben der Ratte Vollmilch war der Minimalkonsens, dass wir eine Band auf Tournee seien, zerbrochen. Die Zukunft war etwas, das uns in eine nebelhafte Variante unseres früheren Daseins zurückführen würde.

Consti war seit den Morgenstunden verschwunden. Nun wuchs er wie Gott auf der Hebebühne aus dem Boden und verkündete:

„Wir fahren zurück." Er setzte sich ans Steuer und ließ den Motor an.

„Der hat es aber eilig", sagte Spiro. Tomke sprang auf und brüllte ins Wageninnere:

„Lass uns wenigstens die Sachen einpacken und die Markise einrollen!" Und leiser fügte er hinzu:

„Nur wegen einer verdammten scheiß Ratte." Natürlich war es nicht wegen der Ratte, sondern wegen allem. Und das wusste auch jeder, bis auf Spiro vielleicht, der von der Vollmilch-Episode noch ganz gefangen war.

A clockwork orange

Das war also das Ende unserer Tour. Wir fuhren auf der A 1 Richtung Norden. Regen klatschte auf die Windschutzscheibe. Der Verkehr wurde dichter und zäher und plötzlich wurde sich meine Nase der Gerüche bewusst, die sich seit unserer Abreise im Bandbus vermehrten, stapelten und drängten: Müll, verschüttetes Bier, schmutziges Geschirr, benutzte Unterhosen, Zigarettenqualm, verbrannte Ratte, Schweiß unterschiedlicher Körperregionen, ranziger Talk, Socken natürlich und irgendwas Stechendes, ich würde sagen Ammoniak, obwohl ich eigentlich keine Ahnung hab, wie das riecht. Es war, als würde man nach einem Rausch morgens in seiner eigenen Kotze aufwachen. ‚Ernüchterung' wäre wohl das richtige Wort, aber man muss sich eine Ernüchterung vorstellen, die einen von innen mit einer Tonne Blei ausgießt. Außerdem würde ich Consti gleich mit einem scharfkantigen Gegenstand auf den Kopf schlagen, wenn er nicht bald die Musik leiser drehte. Natürlich traute ich mich nicht, ihn anzusprechen. Die anderen trauten sich wohl auch nicht oder es machte ihnen nichts aus, dass seit hundertfünfzig Kilometern dieselben acht Songs mit zweitausend Dezibel in Dauerschleife liefen. Zwei von den Songs gehörten zu meinen aktuellen Lieblingsliedern (Mucky fingers von Oasis und Nude von Radiohead) und allmählich fühlte ich mich wie Alex aus ‚A clockwork orange' mit seinem Beethoven. Also wer den Film nicht kennt: Alex liebt eigentlich Beethoven. Im Gefängnis bekommt er aber eine Therapie verpasst, bei der er ständig Gewaltfilme gucken muss, die mit Beethovenmusik unterlegt sind. Von da an ist es, als würde man ihm Nadeln in den Kopf stechen, wenn er die Musik hört. Er bekommt Krämpfe und muss sich übergeben.

Christof Koselleck, der Klassenbeste damals in Latein, hatte bei irgendeiner Gelegenheit gesagt, Kubrick sei ein absolut bedeutender Regisseur. Die Behauptung beeindruckte mich, weil ich bis dahin gar nicht daran gedacht hatte, dass es bedeutende Regisseure geben könnte. In meiner Welt gab es spannende Filme und langweilige Filme. Und nun brachte mir ausgerechnet Koselleck bei, wie armselig meine Welt war. Koselleck war übrigens nicht Klassenbester, weil er besonders gut Latein konnte (oder wenigstens der Rest schlechter als er), sondern weil er der Liebling von Herrn Gulka war.

Herr Gulka ist der langweiligste Mensch des Universums. Vermutlich sieht seine Frau das anders, aber aus Schülersicht war er es. Ich kann mich noch an die fast an physischen Schmerz reichende Verzweiflung erinnern, wenn eine Lateinstunde bevorstand. Häufiger kam es vor, dass ich in der Pause zu Gott betete, er möge auf irgendeine Weise dafür sorgen, dass die Lateinstunde an mir vorüberginge, - am besten durch einen wohldosierten Zeitsprung von fünfundvierzig Minuten. Man sieht, ich traute Gott einiges zu. Solch ein Zeitsprung geschah aber nie. Auch auf andere Weise kam es nie zu einem Ausfall der

Stunde (ja, es gab Gründe, dass mein Glaube verloren ging). Mit vernichtender Zuverlässigkeit erschien Herr Gulka eine Minute nach dem Klingeln im Türrahmen und bewegte sich mit seinen unvermeidlichen Schildkröten-Moves in Richtung Lehrerpult. Wenn er einen guten Morgen wünschte, brauchte er dafür so lang wie Greta Böttcher für die Übersetzung eines Kapitels Cicero.

Bei diesem Herrn Gulka also versuchte Koselleck sich bei jeder Gelegenheit lieb Kind zu machen. Ich hoffe, das reicht, um sich ein Bild von Koselleck zu machen. Und genau dieser Christof Koselleck erwies sich nun mit seinem Kubrick-Urteil mir im kulturellen Erleben überlegen.

Zufällig lief eine Woche später ‚A clockwork orange‘ im kommunalen Kino. Da gehen die Leute hin, die was gegen das kommerzielle Kino und Hollywood haben. Auf jeden Fall waren die meisten älter als ich und ich wunderte mich nicht, Karlo Studt da zu sehen. Ich könnte sagen, dass ich ihn nicht mochte, doch das trifft es nicht ganz. Wenn ich ehrlich bin, hatte ich ein bisschen Angst vor ihm. Das lag nicht zuletzt daran, dass er mit Nelson Klang befreundet war. Um einem ein Ding zu verpassen, reichte es Nelson aus, dass er behauptete, man habe ihn blöd angeglotzt.

Ob Karlo mich vorher gründlich genug zur Kenntnis genommen hatte, um mich mögen oder nicht mögen zu können, weiß ich nicht. Er ist zwei Jahre älter als ich und er galt immer schon als problematisch. Es hieß, mit vierzehn habe er sich eine Gesamtausgabe Karl Marx auf dem Flohmarkt gekauft, die sein Vater postwendend im Schrebergarten verbrannt habe. Sein Vater war Stabsoffizier, der genau da in der Welt stand, wo er stehen wollte und wo er es auch für richtig hielt zu stehen, zumindest bis zu dem Augenblick, an dem die Pubertät sich seinen Sohn schnappte und ihn zu einem Wesen verwandelte, das einzig und allein den Befehl zu haben schien, dem Offizier das Leben zu vergällen.

Karlo saß im Foyer in einem der ausgefransten Sessel und las. Dass er nicht an seinem Handy rumspielte, sondern ein richtiges Buch las, fügte sich nahtlos in das Bild, das man von ihm hatte. Wenn jemand einen Nimbus besaß, dann er. Karlo galt als Revoluzzer, als jemand, der der Erwachsenen-Welt den Krieg erklärt hatte und ständig haarscharf dran war, von der Schule zu fliegen. Allen, die ihr Leben weniger kompromisslos führten, begegnete er mit schneidender Arroganz. Als er von seinem Buch aufsah, lächelte er, und zwar in meine Richtung. Ich guckte mich um, dann blinzelte ich noch einmal schnell zu ihm rüber.

„Hallo Mika", rief er quer durchs Foyer. Ich zuckte zusammen. Natürlich kannte ich seinen Namen, aber woher kannte er meinen? Zaudernd trottete ich zu seinem Sessel. Daneben stand noch ein Sessel, aber ich zögerte, mich hinzusetzen.

„Hallo."

„Hab dich hier noch nie gesehen", sagte er. Und ich dachte: Du hast mich noch nie *beachtet*. Aber was ich sagte, war:

„Ich halte Kubrick für einen bedeutenden Regisseur."

„Du interessierst dich für Film?" Er sagte ‚Film', ohne Artikel. Da konnte ich nicht naiv antworten, dass ich gerne welche gucke. Ich zuckte lässig mit den Achseln. Karlo erzählte etwas von Ästhetik der Gewalt oder so. Anstatt zuzuhören, fragte ich mich, ob Karlo einmal ein kleiner Junge gewesen war. Natürlich war er das, ich hatte nur noch nie daran gedacht und ich konnte nicht begreifen, warum ich jetzt daran dachte. Ich stellte mir vor, wie der kleine Karlo mit seinem Vater auf dem Sofa sitzt und wie sie gemeinsam ein Fußballspiel im Fernsehen gucken. Der Vater schickt ihn in die Küche, er solle ein Bier holen. Karlo tut es und denkt sogar an einen Flaschenöffner, er setzt sich auf das Sofa und hebelt den Kronenkorken von der Flasche, bevor er sie seinem Vater reicht. Ausgerechnet da fällt im Fernsehen ein Gegentor und Karlos Vater flucht irgendwas, ohne sich bedankt zu haben.

„Sag mal, kannst du mir vielleicht das Eintrittsgeld auslegen?", fragte Karlo. Blitzschnell erwog ich die Zusammenhänge und Gründe seines Verhaltens und die Folgen meiner möglichen Antworten.

„Klar, kein Problem", sagte ich und überlegte, ob das hieß, dass ich während des Films neben Karlo sitzen durfte. Oder musste. Das erschien mir irgendwie als ziemlich zweischneidige Sache. Um kurz in Ruhe nachdenken zu können, ging ich zur Bar rüber, wo man auch die Eintrittskarten kaufte.

„Ich hol mir schnell ein Bier."

„Ja, bring mir eines mit", bat Karlo und eine so unschuldige Bitte konnte man, ohne unhöflich zu sein, kaum abschlagen, obwohl sie offensichtlich beinhaltete, dass ich die Rechnung übernehmen sollte. Als ich zurückkam, saß Nelson Klang in dem zweiten Sessel. Karlo sagte etwas und sie lachten und ich bildete mir natürlich ein, dass sie über mich lachten. Ich reichte Karlo Bier und Eintrittskarte. Das Bier war schon geöffnet. Für eine Weile blieb ich noch ein paar Schritte neben der Sesselgruppe stehen.

Gegen Ende des Films fühlte ich mich ziemlich mitgenommen. Ich schätze, das war beabsichtigt, der Zuschauer sollte sich wie Alex nach seiner Therapie fühlen. Plötzlich sagte jemand neben mir:

„Alex ist ein Sadist." Während ich zweifelte, ob der Satz an mich gerichtet war, antwortete eine Frauenstimme:

„Und er liebt Beethoven."

„Das Schöne und das Böse bilden keinen Gegensatz."

„Der Film zelebriert die Gewalt."

„Ist trotzdem ein guter Film." Als das Licht wieder anging, sah ich neben mich. Dort saß ein Paar im Alter meiner Eltern, das auf moderate Weise antibürgerlich gekleidet war und auf den Knien Kaffeetassen balancierten. In der Reihe dahinter saßen Karlo und Nelson. Nelson erzählte irgendwas, aber Karlo guckte sich im Saal um, so dass ich Angst bekam, er halte nach mir Ausschau. Bevor er mich entdecken und fragen konnte, ob wir noch ein Bier zusammen trinken, suchte ich das Weite.

Während Consti mit kalter Wut auf das Autobahngrau starrte, dachte ich also an Karlo Studt, an Kubrick, Alex und schließlich an Tomke. Ohne Zweifel verfügt Tomke über einige Züge, die ihn auf der Sympathieskala nicht gerade für das obere Viertel qualifizieren. Aber was soll's. Die Musik hatte aus keinem von uns einen besseren Menschen gemacht. Und auch keinen reicheren, und das lenkte meine Gedanken wieder auf das Möwe-Problem.

Tomke ging es wohl ähnlich, denn irgendwann schaltete er die Musik ab.

„Wir müssen noch über unser finanzielles Problem sprechen."

„ ‚Unser'?", fragte Consti, „das ist *dein* verdammtes scheiß Problem."

„Das kannst du ja sehen, wie du willst", sagte Tomke, „aber erzähl das dann den Typen, die Möwe uns auf den Hals schickt, wenn er seine Kohle nicht sieht. Uns - nicht nur mir."

„Er muss ja nicht gleich wissen, dass wir wieder in der Stadt sind", schlug Spiro vor.

„Irgendwann wird er schon dahinterkommen. Und dann?"

„Bis dahin suchen wir uns Jobs und sparen."

„Das sagst ausgerechnet du", kläffte Consti, „wenn du einen Euro hast, versäufst du ihn." Wahrscheinlich hatte er recht, ich fand die Äußerung dennoch unnötig. Spiro hatte ihm ja nichts getan - na ja, bis auf das mit der Ratte.

„Vielleicht reicht es, wenn wir bis zum Wettbewerb abgetaucht bleiben", sagte Spiro. Er meinte den Band-Wettbewerb, der wie immer im Oktober stattfinden würde. Bis dahin waren es noch etwa vier Monate. Vier

Monate im Untergrund und mit der Angst als Begleiter, dass Möwe uns auf die Schliche kam. Außerdem setzte der Plan voraus, dass wir den Wettbewerb gewinnen. Aber immerhin war es ein Plan und da niemand einen Plan B beisteuerte, wurde Spiros Vorschlag stillschweigend zu unserer Marschroute.

Als wir die Augustiner Straße, die von Westen in die Stadtmitte führt, entlangfuhren, war die Baustellenampel, die seit Monaten die Verkehrsader sklerotisch verengt hatte, verschwunden. Die Welt hatte sich auch hier weiter gedreht, während die vier Söhne der Stadt in der Ferne ihr Glück gesucht und übrigens enttäuschend wenig davon aufgestöbert hatten. Sonntägliche Lähmung lag wie ein Schleier über den Straßen und Supermarktparkplätzen, die sich links und rechts erstreckten und den Namen ‚Einkaufsmeile' für die Augustiner Straße rechtfertigten. Der Sommer hatte die Rasenflächen zu dürrem Grau-Braun verdörrt. Wenn Tomke seine Zigarettenkippe aus dem Fenster würfe, ginge mit einem explosiven *Wusch* die Stadt in Flammen auf. Nichtsdestotrotz schubste ein Mann in unserem Alter unbesorgt einen Kinderwagen vor sich her, während er lächelte und mit dem Mund Geräusche machte. Aus irgendeinem Grund glaubte ich ihm seine Vergnügtheit nicht. Ich wollte ihm einen Blick zuwerfen, der ihn zwänge, sich seine trostlose Lebenslage einzugestehen, um von einer mehrjährigen Resignation heimgesucht zu werden. Aber der Kerl hatte bloß Augen für seinen Nachwuchs, von dem von meiner Warte aus lediglich die Beine zu sehen waren, die wie zwei rohe

Bratwürste mit Füßen in die Sommerluft ragten und sich mittels ziellosem Gestrampel in ihrer zukünftigen Bestimmung übten.

Wahrscheinlich hatte sich Tomke seine Rückkehr triumphaler vorgestellt. Nicht, dass es auf dem Marktplatz zu einem Auflauf hätte kommen müssen, aber eine Variante der Huldigung war mit Sicherheit im Repertoire seiner Erwartungen.

Was Consti betraf, sah es nicht besser aus. Ich meine: Was wird aus ihm? Wird er das Wohnmobil bei seinen Eltern abliefern und ihren Befehl in Empfang nehmen, was Handfestes zu lernen und sich die Mathematik-Flausen aus dem Kopf zu schlagen? Etwas Verstocktes und Halsstarriges war in den letzten Wochen in sein Naturell eingewandert; Eigenschaften, die seine Widerstandskraft erhöhten. Aber sind das Fittiche, die ihn zu einer glücklichen Zukunft empor tragen werden?

Wenn ich mich nach Constis Chancen fragte, seine begonnene Existenz fortzusetzen, dann stand auch sofort meine eigene Karriere im scheelen Licht des Zweifels. Was werden meine Eltern davon halten, einen Schriftsteller kostfrei - vorerst kostfrei - unter ihrem Dach logieren zu lassen? Werde ich sie überzeugen können, dass ich endgültig meine wahre Bestimmung gefunden habe? Dass ich früher - was wahre Bestimmungen betraf - zugegebenermaßen Irrtümern unterlegen war, nun aber einen völlig neuen Grad der Gewissheit erreicht habe?

Um es mit einer Hyperbel zu sagen: Gescheiterte sind wir. Außer Spiro, der gerade - ein Lachen andeutend - durch die Nase schnob, während er in einem Heft mit

Musikerwitzen las und bei dem Kapitel „Der Schlagzeuger" angekommen war, dessen Pointen darauf hinausliefen, dass Schlagzeuger eine eigene Spezies bildeten, die evolutionär weit unter allen anderen Musikern rangierten. Anders als bei dem Kinderwagen-Schubser glaubte ich Spiro seine Vergnügtheit. Es war, als wären die Wochen spurlos an seiner Laune vorübergegangen. Offensichtlich war seine Methode, das Gemüt mit Whiskey zu imprägnieren, von Erfolg gekrönt.

Consti trampelte auf die Bremse und brachte den Band-bus an einer Fußgängerampel zum Stehen. Eine Gruppe von drei Männern trat auf die Straße. Zwei von ihnen steckten in blauen, fabrikneuen Overalls der Möbelpackerfirma „transportkovalkov", der dritte hatte die schmächtige, von allerlei verbotenen Substanzen ge-krümmte Statur Möwes. Er unterbrach sein unregelmäßiges Schlurfen und sah dem Wohnmobil direkt ins Gesicht, d.h. er schaute durch die Panoramawindschutzscheibe, wie der Besucher eines Aquariums seinen Blick über die inhaftierten Wasserbewohner streifen lässt. Mit einem Lächeln entblößte er seine schadhaften Zähne, begleitet von der Andeutung eines Kopfnickens, das ein Gruß sein konnte, eine Drohung oder die Bemäntelung der Tatsache, dass sein chemisch verwirrtes Gehirn an der Erinnerung scheiterte, wen es da vor sich hatte. Dann schritt er über die Straße, indem er seiner Begleitung, die ebenfalls ste-hen geblieben war, mit krummem Finger winkte, ihm weiter zu folgen.

Einen Moment später sprang die Ampel auf Grün und Consti fuhr langsam an. Wir schwiegen einige Minuten, als hätte Möwes Blick uns tatsächlich in Fische verwandelt, bis Consti sagte:

„Wir brauchen einen neuen Plan."

Rückkehr

Meine Eltern und meine Schwester hielten sich - wie sich gleich herausstellen wird - im ersten Stock auf und waren damit beschäftigt, meine Sachen auf dem Flur zwischenzulagern, bis sie ihr Endlager im Zimmer meiner Schwester finden würden.

Ich schlich zu dem Zeitpunkt um das Haus herum, um meine Familie zu überraschen, die ich von der Hitze schläfrig und mit Kaffee sowie kühlen Getränken versorgt auf der Terrasse vermutete. Doch die Sonntagssiesta hatte offenbar schon ihr Ende gefunden, denn die Gläser und Liegestühle waren leer. Auf dem Tisch lagen Sonnenbrillen, ein Kreuzworträtselheft und der gelbe Lamy-Kugelschreiber, den ich meiner Mutter zum Geburtstag geschenkt hatte. Etwas wie Sehnsucht zog und zerrte an meinem Herzen. Ich trat durch die Terrassentür und witterte Reste von Bratenduft, den es zum Mittag gegeben hatte, und im Hintergrund einen Geruch, der vermutlich wie eine Imprägnur an diesem Haus und seinen Bewohnern seit Anbeginn haftete, nur dass ich ihn nun zum ersten Mal wahrnahm. Es war das Pflegeöl, mit dem meine Mutter einmal im Monat die Holzfußböden einrieb und das in seinen Naturmöbelmarktgeruch einen Hauch von Apfelsine eingewebt trägt. Der Nadelschmerz der Entfremdung stach mir ins Herz. Meine Gefühle konnten sich für keine klare Linie entscheiden. Wäre es vielleicht richtiger, einfach umzudrehen und unbemerkt zu verschwinden? Oder ein winziges Zeichen hinterlassen, das ihnen verraten konnte, dass ihr Sohn und Bruder da gewesen ist?

Dann hörte ich Stimmen aus dem ersten Stock. Der Tonfall meiner Schwester, wenn sie eine Schlacht gewonnen hat und nun das Frohlocken des Triumphs unterdrückt und meinen Eltern nachträglich in ein paar bedeutungslosen Punkten recht gibt.

„Ja, es ist ein bisschen hinter seinem Rücken. Aber ihr müsst zugeben, dass es sinnlos ist, wenn hier das größere Zimmer einfach leer steht." Zweifellos hatten meine Eltern genau das in der Diskussion, die vorangegangen sein musste, irgendwann zugegeben. Während ich langsam die Treppen hinaufstieg, dämmerte mir, von welchem Zimmer und welcher Sinnlosigkeit die Rede war.

Meine Mutter war die erste, die mich bemerkte.

„Na sieh mal an, wer da kommt."

„Wie bitte?" Die Stimme meines Vaters klang, als stecke er gerade mit dem Kopf unter dem Bett.

„Mika ist da", rief meine Mutter. Sofort kam Caro angerannt. Aus meinem Zimmer!

„Scheiße", sagte sie leise, als sie mich sah. Nun erschien auch mein Vater. Im Haar hatte er Staubflocken, als hätte er tatsächlich unter irgendeinem Bett gewühlt. Inzwischen war ich oben angelangt und bedauerte, mich nicht wieder aus dem Staub gemacht zu haben.

„Hallo, ich bin's", sagte ich in die allgemeine Verlegenheit hinein. Meine Mutter riss das

Stimmungssteuer herum, fing an zu strahlen und kam mir mit ausgebreiteten Armen entgegen.

„Mika!" Mein Vater steuerte schleunigst in ihr Fahrwasser und schlingerte ebenfalls auf mich zu, um mich von Mann zu Mann an die Brust zu drücken. Lediglich Caro blieb, wo sie war, und machte ein Gesicht, als drohe kurz vor Fall des Vorhangs noch eine überraschende Wendung, die ihr das Happy End verhageln würde.

„Ich will ja nichts sagen", sagte Caro, „aber du stinkst wie ein Penner. Und rasieren solltest du dich auch mal wieder." Ich weiß nicht, ob das raubeinig-geschwisterliche Herzlichkeit sein sollte. Ich glaube es eigentlich nicht. Das ist nicht Caros Art. Herzlichkeit gab es zwischen uns seit Jahren nicht mehr.

„Was macht ihr?", fragte ich, als meine Schwester auf Distanz geblieben war wie ein Immunschwächepatient gegenüber einer Petrischale mit Pockenviren.

„Ich ziehe in dein Zimmer", sagte sie. Ich blieb stehen und starrte Caro wortlos an. Sicher sah ich in dem Moment schockiert, konsterniert oder wenigstens verdutzt aus. In Wirklichkeit wollte ich nur Zeit gewinnen, um eine zukunftsrelevante Überlegung anzustellen. Sollte ich mit aller Wut und Empörung losschlagen, um eventuell die Ereignisse abzuwenden, die mich in die erbärmliche Abstellkammer, in der meine nervige Schwester bislang gehaust hat, zu spülen drohten? Oder war es klüger, ein Opfer zu bringen, um ein Unterpfand zu besitzen, mit dem ich in späteren Verhandlungen meine Eltern moralisch in die Defensive drängen konnte?

„Du ziehst in mein Zimmer?"

„Wir ahnten nicht, dass du so bald wieder da bist", steuerte mein Vater bei.

„Das ist irgendwie verletzend", sagte ich, ohne jemanden anzusehen. Dann folgte ein ziemlich langes Schweigen. Schließlich sagte meine Mutter:

„Lasst uns runtergehen und die Sache in Ruhe besprechen." Eine Besprechung war jetzt mehr, als ich beabsichtigt hatte. Vielmehr sollten die Gefühle und Gedanken im Unbestimmten bleiben, mit einer Spur Unbehagen. Ich musste schleunigst zurückrudern.

„Nein, ich verstehe das ja. Ich hab die ganze Zeit das größere Zimmer gehabt."

„Genau!", rief Caro und war mit einem Schlag genauso nervig wie immer, so dass ich Lust bekam, meinen Plan aufzugeben, nur um ihr eines auszuwischen. Aber ich bezwang mich. Ich formulierte meinen Protest so halbherzig, dass mit einer Aussicht auf Erfolg nicht zu rechnen war. Schließlich griff ich sogar nach Caros CD-Regal, das bereits leergeräumt im Flur stand, und trug es in mein Zimmer - mein Ex-Zimmer. Dabei stellte ich die Miene des Gedemütigten zur Schau, doch so halb weggekehrt, dass es aussah wie: ‚Ich bemühe mich, meine Gefühle vor euch zu verbergen, aber ja, ich bin gedemütigt.'

Es war ein schlimmer, langer Tag gewesen, die Hitze und die Missstimmungen in der Band hatten meine Kräfte verdunstet und die Szene im Flur hatte schließlich noch einiges an Konzentration abverlangt. Ich war froh, als ich unter der Dusche stand und meine Gedanken auf ein gesundes, nahrhaftes, eine Vielzahl von Brot-, Käse- und Wurstsorten bereithaltendes Abendbrot auf der Terrasse zu richten.

Rasiert und bestäubt mit einer Wolke Eau des Toilette, das jemand - vielleicht ich selbst - zu Weihnachten auf dem Gabentisch meines Vaters zurückgelassen hatte, verfügte ich mich in die Küche, wo ich mich als Hilfe anbieten wollte, um weitere Pluspunkte zu sammeln und um die Stimmungslage zu überprüfen, nachdem - wie ich annahm - meine Eltern die allgemeine Haltung ihrem heimgekehrten Sohn gegenüber bereits koordiniert hatten.

Meine Mutter bestückte ein Tablett mit allem, was sie für abendbrottauglich hielt. Als sie mich bemerkte, hielt sie inne, lächelte und gab mir einen Kuss auf die Stirn. Ich lächelte ebenfalls. Etwas unbeholfen vielleicht, weil sich gerade alles gut und richtig anfühlte, womit gar nicht so leicht umzugehen ist, wie man vielleicht denkt. Ich trug das Tablett auf die Terrasse hinaus und betrachtete den Garten. Auf dem Rasen schlängelte sich ein Schlauch, mit dem mein Vater oder meine Mutter - oder wer auch immer bei uns eigentlich die Gartenarbeit erledigt - der Dürre entgegengetreten war wie ein Musketier einer feindlichen Übermacht.

Während ich dastand und auf meine Familie wartete, versuchte ich meine Eindrücke in Worte zu fassen: ‚Die Abendluft - mit wohlwollender Wärme ausgepolstert - schmiegt sich an mich.' Das klang ganz gut. Vielleicht sollte ich mit solchen Sätzen mein Können unter Beweis stellen, bevor ich auf die Schriftsteller-Sache käme.

Eine Viertelstunde später saßen wir um den großen Plastikterrassentisch versammelt, dem meine Mutter mit einem rot-weiß-kariertem Tischtuch zu appetitlichem Ansehen verholfen hatte. Vor drei Jahren hatten wir den Tisch in einem regionalen Garten-Möbel-Center erworben. Man hätte das auch billiger haben können, aber nicht mit der Qualität, wie uns damals der Verkäufer verriet. Mir fiel auf, dass das Leben, so wie ich es gewohnt war, ein solides Monatseinkommen erforderte (plötzlich musste ich an Spiro denken). In Geld-Sachen war ich nicht ganz unwissend, doch waren die Erkenntnisse bisher nicht in die Tiefen eingedrungen, in denen sie das Bewusstsein mit Nachdenklichkeit einfärben. Wie viele Menschen würden meine Romane kaufen müssen, damit ich bei der Qualität eines Terrassentisches keine Abstriche würde machen müssen?

„Du wirkst grüblerisch", sagte mein Vater.

„Es ist schön hier. Ich meine: Das ist eine schöne Terrasse", antwortete ich, ohne nachzudenken. Damit blieb ich stilistisch unter dem Niveau, das ich mir zur Gewohnheit machen wollte. Hastig schob ich nach:

„Spürt ihr, wie die Abendluft - mit wohlwollender Wärme aufgepolstert - sich an uns schmiegt?" Der Satz verklang in der erwähnten Luft wie billiges Parfüm und hinterließ ein Schweigen. Irgendeine Transformation war mit der Formulierung vorgegangen, auf jeden Fall wirkte sie nun nicht mehr so bestechend wie vorhin, als sie sich nur in meinem Kopf befunden hatte.

„Aus dir ist wohl ein Poet geworden", bemerkte meine Mutter.

„Ja, ich glaube schon." Meine Eltern tauschten einen Blick.

„Allerdings denke ich, dass ich im Grunde immer schon ein Poet war, also ein Schriftsteller, meine ich." Und da niemand das Bedürfnis zeigte, zu antworten, fügte ich hinzu:

„Wisst ihr, ich habe in den letzten Wochen viel nachgedacht. Über mich und das Leben, ihr versteht schon. Nun hab ich das Gefühl, meine Berufung gefunden zu haben."

„Berufung?", fragte mein Vater, „im Sinne von ‚Beruf'?"

„Ich weiß, als Schriftsteller Geld zu verdienen, ist nicht einfach. Deswegen wäre es schön, ein bisschen Unterstützung zu erhalten, anstatt gleich Bedenken zu hören. Zumal von der eigenen Familie."

„Von welcher Art Unterstützung redest du da gerade - zumal von der eigenen Familie?", fragte mein Vater.

„Ich meine so allgemein."

„Ganz allgemein Unterstützung, aha. Das schließt materielle Unterstützung nicht aus, nicht wahr?" Die Frage wollte ich in dem Moment weder bejahen noch verneinen. Zum Glück mischte sich meine Schwester ein:

„Und was ist mit der Band? Habt ihr euch aufgelöst?" Oder eigentlich: zum Unglück mischte sie sich ein, wie sich zeigen sollte. Sie erinnerte mich an eine Ratte, die in eine Ecke gedrängt vom Hunger gequält wird und nun fauchend zum Angriff übergeht.

„Wie kommst du jetzt darauf?", fragte ich ängstlicher, als ich klingen wollte. Caro hob ihre Bierflasche (seit wann trank sie Bier?) und drückte sie gegen die Wange, bis ihr falsches Lächeln auf dieser Seite zu einem faltigen Klumpen zerdrückt war.

„Hast du nicht jahrelang die Musik für deine Berufung ausgegeben?" Meine Eltern betrachteten Caro, als wären auch sie von ihrer plötzlichen Verwandlung überrascht. Eigentlich sollte sie doch zufrieden sein. Sie hatte gerade mein Zimmer an sich gebracht. Nach den Vorschriften des Anstandes war da eine gewisse Dankbarkeit zu erwarten. Doch davon schien Caro meilenweit entfernt zu sein. War ich die ganzen Jahre ein so schlechter Bruder gewesen, dass sich Schichten mörderischen Grolls gesammelt hatten, die sich nun als Lawine auf mich stürzen mussten? Zugegeben, ich hab mich nicht viel um meine Schwester gekümmert. Ich weiß nicht, welche Bands sie hört, welche Serien sie guckt (wenn sie welche guckt), weiß nicht mal den Namen ihrer besten Freundin oder ob sie mit dem Typen, der hier manchmal auftaucht, Sex hat (oder überhaupt mit *Männern* Sex hat). Man könnte sagen, dass ich sie in Ruhe ihre Persönlichkeit habe entwickeln lassen.

„Ich hab nie behauptet, dass Musik meine Berufung ist. Ich hab nur gesagt, dass ich einen Job hab."

„Ja, richtig, du hast dich selbstlos in den Dienst der Berufung eines anderen gestellt. Und nun bist du zurück von der Reise der Selbstfindung." Die Wörter ‚Berufung' und ‚Selbstfindung' spuckte sie aus wie Bissen fauligen Fleisches. Das war mehr als der übliche Geschwister-Hass.

„Hab ich dir was getan, oder wie?"

„Du kapierst das nicht", antwortete Caro, „das geht über das Persönliche hinaus. Meine Verachtung richtet sich auf die Lebenshaltung, deren Repräsentant du bist."

„Tatsächlich? Ich hab nicht gewusst, Repräsentant einer Lebenshaltung zu sein. Wenn du mich fragst: Du hast einen Knall."

„Du bist das Symptom einer Krankheit. Geschmeiß. Schon mal was von Disziplin, Pflicht oder Aufopferung gehört? In der Welt, in der du lebst, mit Sicherheit nicht. Darin gibt es nichts, was dich zu einem ernstzunehmenden Menschen formen könnte."

‚Symptom einer Krankheit', ‚zu einem Menschen formen', - das klang ziemlich beeindruckend, aber das erklärte nicht die böse Glut, die in ihren Augen funkelte. Hinter all dem war es doch etwas Persönliches. Hinter solchen Sprüchen ist die Triebkraft immer etwas Persönliches, da konnte sie noch so viel erzählen. Zwar kann ich mich an nichts Konkretes erinnern, doch ich werde ihr sicher die eine oder andere Kränkung und Demütigung zugefügt haben. Ich bin nicht ganz naiv. Und nun stellt sie die Quittung aus. Sie will mich, ihren Bruder, besiegen, will meine Schultern auf den Boden drücken, während sie rittlings auf meiner Brust sitzt, mir die Knie in die Bizeps reibt und mir in die Augen schaut, um den Schmerz zu beobachten.

„Na, spuck's aus, Schwesterchen. Bin ich dir irgendwann mal auf den Schlips getreten?"

„Weißt du, was du bist?", zischte sie, „ein Schmarotzer bist du. Ein scheiß Arbeitslager wäre noch zu gut für dich." Sie sprang auf und rannte ins Haus. Für einen Moment schwebte ihr Stuhl in vergänglicher Balance auf zwei Beinen, bevor er klappernd auf die Terrassenfliesen schlug. Zu meiner Überraschung las ich in den Gesichtern meiner Eltern eher Resignation als Entsetzen.

„Sie ist in letzter Zeit leicht reizbar", erklärte meine Mutter und ließ damit durchblicken, was es in letzter Zeit alles an brisanten Auftritten mit Caro gegeben hatte.

Später fiel mir die Sache mit der Tischdeckentruhe ein. Die Truhe stand damals im Flur im oberen Stockwerk. Caro war etwa fünf Jahre alt und wenn man die Tischdecken herausnahm und Caro sich ganz zusammenrollte, passte sie genau hinein. Ich schlug vor auszuprobieren, ob wir auch den Deckel zumachen konnten. Sie wollte zuerst nicht, sie traute mir nicht. Dann konnte ich sie aber überreden und als ich den Deckel heruntergelassen hatte, setzte ich mich mit einem Plumps drauf. Caro fing sofort an, hysterisch zu schreien. Wie ein Tier kreischte sie. Zuerst versuchte ich zu lachen, doch dann wurde es mir unheimlich und ich ließ sie wieder raus. Mir irrem Blick sprang sie aus der Truhe und rannte an mir vorbei direkt zu unseren Eltern. Die verstanden wegen Caros kreischendem Heulen zuerst nicht, was los war. Sie suchten Caro nach Verletzungen ab. Während sie sich beruhigte, erklärte ich unseren Eltern, dass nichts passiert war, dass wir nur gespielt hatten. Sie ermahnten mich, in Zukunft solche Späße sein zu lassen. Caro genügte das wohl nicht, zumindest tat sie zwei Wochen lang so, als habe sie die Sprache verloren, um eine Bestrafung gegen mich zu erwirken. Außerdem behauptete sie seitdem, unter Platzangst zu leiden, und zettelte wiederholt Diskussionen an, dass wir unbedingt die Zimmer tauschen müssten. Zwei oder drei Jahre später kam sie sogar mit leerer Einkaufstasche aus dem Supermarkt zurück. Sie halte es nicht aus, an der Kasse in der Schlange zu stehen. Die vielen Leute würden sie erdrücken. Seither haben unsere Eltern nur noch mich zum Einkaufen geschickt.

Daran dachte ich, als ich später in meinem Zimmer auf dem Bett lag und auch über meine weiteren Verfehlungen nachdenken wollte: dass ich mich nie für meine Schwester interessiert hatte, dass ich nichts von ihr wusste, nie für sie dagewesen war. Aber stattdessen betrat Spiro meinen Kopf und guckte mich vorwurfsvoll an. Von ihm wusste ich ebenso wenig wie von Caro. Im Grunde sogar noch weniger, denn von meiner Schwester kannte ich wenigstens die Eltern. In Spiros Fall konnte ich nur aus biologischen Gründen schließen, dass er überhaupt welche *hatte*. Gut, ich wusste, dass er hervorragend trommelte und gern Whiskey trank. Das war's aber auch. Ich hatte wochenlang die Intimität eines Wohnmobils mit ihm geteilt und ich wusste trotzdem nichts. Bin ich ein Ignorant? Ein asoziales Scheusal? Schon klar, was Caro dazu sagen würde. Und Spiro? Nein, er würde niemanden beleidigen, dafür ist er ein zu gutmütiger Kerl. Aber kann ich mir sicher sein, was er über mich denkt? Wie die dumpfe Ankündigung von Zahnschmerzen begann mein Gewissen zu rumoren. Nicht nur wegen Spiro, sondern plötzlich auch wegen Caro. Kann man ein schlechtes Gewissen haben, weil man *kein* schlechtes Gewissen hat?

Am nächsten Morgen klingelte das Handy und das Display verriet mir Constis Nummer. Sonst wäre ich vermutlich auch nicht rangegangen. Ich war nämlich noch im Halbschlaf, aber bei dem Gedanken an Consti meldete sich sofort wieder das Gewissen, das die ganze Nacht wach gewesen war und sozusagen das Hintergrundrauschen für meine Albträume gebildet hatte. Ich erwartete, dass er mir den Tod der Ratte Vollmilch vorhalten und quasi auf Tomke-Art mich zum Verräter an unserer Freundschaft erklären würde. Stattdessen sagte er:

„Wir müssen uns treffen."

„Wir beide?"

„Nein, ich meine die ganze Band."

„Was ist denn los?"

„Na ja, natürlich wegen Möwe und wegen des Geldes." Bei dem Namen spürte ich, wie sich etwas in mir zusammenzog. Ich gebe zu, dass ich vor Möwe Angst habe. Er ist unberechenbar und ich traue ihm zu, dass er wegen 800 Euro zu ziemlich schweren Straftaten bereit ist. Oder bereit ist, Straftaten verüben zu lassen. Was die Sache noch schlimmer macht.

Zwei Stunden später saßen wir bei dem Imbiss, den ich nach meinem Besuch bei Doktor Brezniak (wegen meiner Hodenerkrankung) aufgesucht hatte. Die Ex-Studenten hatten zur Bequemlichkeit ihrer Kunden das Randstück einer Rasenfläche kolonialisiert, indem sie dort Plastikstühle gruppiert hatten. Im leopardenfleckigen Wechselspiel von Licht und Schatten, das eine solitäre Linde hinsprenkelte, suchten wir uns mit unseren Kaffeebechern und Pommespappschälchen einen freien Platz. Spiro sackte auf einen Stuhl wie ein alter Mann. Gerötete Augen, bleiche Haut und schwarze Bartstoppeln vereinigten sich zu einem ziemlich ungesunden Gesamteindruck.

„Schön hier", sagte er und zückte einen Flachmann, um seinen Kaffee in etwas zu verwandeln, dessen Konsum hier nicht erlaubt war, zumal die improvisierte Terrasse von der Stadtverwaltung eher geduldet als amtlich genehmigt war.

Consti nuckelte an einer Cola. Er hatte sich noch nicht rasiert und roch so, als hätte er wieder im Wohnmobil übernachtet.

„Alles in Ordnung bei dir?", fragte ich. Ohne mich anzugucken antwortete er:

„Alles okay." Hörte sich aber nicht so an.

„Haben deine Eltern was gesagt?", fragte Spiro, „von wegen dem Wohnmobil?"

Consti steckte sich den Strohhalm zwischen die Lippen und nickte. Dann nach ein paar Sekunden:

„Sie haben es mir geschenkt. Um darin zu wohnen."

„Was? Kapier ich nicht."

„Sie haben mich aus der Wohnung geschmissen. Ich soll in dem stinkenden Kübel hausen, in den ich ihr Wohnmobil verwandelt hab. "

„Stinkender Kübel?", wiederholte Spiro, „kann es sein, dass deine Eltern ein bisschen kleinlich sind?" Ich dachte an Spiros Behausung und dass sein Maßstab auch nicht der goldenen Mitte entsprach.

„Die können dich doch nicht einfach rauswerfen", sagte ich, um nicht gleichgültig rüberzukommen.

„Ist schon in Ordnung. So hab ich wenigstens meine eigenen vier Wände. Sogar mit Rädern dran."

„Ach, Scheiß auf Räder", fügte ich hinzu, weil hier bestimmt mehr Empörung angebracht war, als Consti sich erlaubte. Doch der blieb gelassen und war überhaupt wie verwandelt.

„Nein, im Ernst. Wisst ihr, was ich gestern gemacht hab? Ich bin ans Meer gefahren und hab da übernachtet. Ich hab da also gesessen und auf das Meer gelauscht und die Sterne betrachtet und dann ist mir plötzlich was klar geworden." Er machte eine Pause, bis Spiro endlich fragte: „Was denn?"

„Ich hab was kapiert. Klingt etwas schwülstig, aber ich hab kapiert, was Freiheit ist." Er machte wieder eine Pause, aber diesmal musste niemand ihn anstupsen.

„Ich meine das Gefühl, wenn einem egal wird, was die anderen denken. Okay, hört sich jetzt ziemlich lahm an. Aber in der Nacht hat mich die Erkenntnis total umgehauen. Das war, als ob sich ein eiserner Vorhang zwischen meine Eltern und mich schiebt."

„Verstehe", behauptete Spiro. Ich pustete in meinen Kaffeebecher und fragte mich, warum unsere Tournee keine Lektion in Sachen Freiheit gewesen war. Weil wir nicht so waren, wie wir wirklich sind? Na ja, bis auf Tomke. Vielleicht ist Freiheit so wie eine Kiste Bier: Je mehr der eine sich nimmt, desto weniger kriegen die anderen ab.

Über uns zog eine Möwe ihre Bahn und verrichtete begleitet von einem Kreischen ihr Geschäft.

„Guckt euch die Viecher an", sagte Spiro, „die kacken im Flug. Ich meine, stellt euch das mal vor: Fliegen können und auf die Erde scheißen, egal was da unten gerade los ist. Wenn es ein Symbol für Freiheit gibt, dann ja wohl Möwen."

Die Möwe landete auf dem Nachbartisch und machte sich an den Resten einer Portion Pommes mit Ketchup zu schaffen.

„Ich wette, die ernährt sich hier ausschließlich von Imbiss-Abfällen", sagte ich in Spiros Richtung, als wäre das ein Gegenargument.

„Sozusagen eine eigene Spezies", antwortete er, „sieht nur noch aus wie eine klassische Möwe."

„Oder das ist eine entartete Möwe", gab ich zu bedenken. Consti nickte.

„Womit wir beim Thema wären." Eigentlich schade, dass er schon auf unsere Geldsorgen anspielte. Ich hätte gern noch etwas über Freiheit und Möwen philosophiert. Zumindest solange Tomke noch fehlte, denn mit ihm wäre es ohnehin nicht möglich. Er würde höchstens so Sachen sagen wie: Wer sich seine Freiheit wegnehmen lässt, hat es nicht anders verdient. Und diese Möwen-Angelegenheit - ob sie was anderes sein können, als wonach sie aussehen - fände er wahrscheinlich einfach nur idiotisch. Auf seine Weise hätte er ja auch recht, das gebe ich zu. Allerdings - ich hab in den letzten Tagen darüber nachgedacht - kann man auf ziemlich viele verschiedene Weisen recht haben.

Wir saßen ein paar Minuten schweigend auf unseren Plastikstühlen, dann kam Tomke um die Ecke getrottet.

Er beherrschte normalerweise die seltene Mischung aus lässigem Flanieren und Zielstrebigkeit, hielt traumwandlerisch die Mitte zwischen Zögern und Eile. Er bewegte sich quasi im Gleichklang mit der Zeit. Doch heute war irgendwas aus dem Takt gekommen. Fast sah es aus, als hinkte er. Oder es war die Andeutung eines Taumelns. Als ein Joggerpärchen angetrabt kam, blieb er stehen, um es vorbeizulassen. Aber nicht mit seinem üblichen gönnerhaften Majestätslächeln, sondern nahezu ängstlich, als habe er für eine Sekunde geglaubt, die Sportskanonen könnten ihn über den Haufen rennen.

Er ließ sich auf einen freien Stuhl plumpsen und grüßte wortlos in die Runde. Dann versuchte er sein Lächeln, das sagen sollte: ‚Ihr fühlt euch durch meine Anwesenheit beschenkt und erhöht, doch müsst ihr mir nicht danken, denn im Grunde bin ich ein bescheiden-bodenständiger Kerl.‘

Das Lächeln besagte allerdings in Wirklichkeit: ‚Mir geht's lausig und irgendwie bin ich aus der Balance.‘

„Hast du was getrunken?", fragte Consti.

„Und? Wenn schon."

„Mein ja nur. Ist noch reichlich früh dafür."

„Och", mischte sich Spiro ein, „das kann man auch anders sehen." Und mit einem zufriedenen Grunzen zog er seinen Flachmann aus der Hose und gab noch einen Schuss in seinen Kaffee. Consti räusperte sich und kam zur Sache:

„Wir müssen die Angelegenheit mit Möwe aus der Welt bringen. Ich weiß nicht, wie euch das geht, aber mich nimmt das ziemlich gefangen, diesem Typen Geld zu schulden." Er zippelte weder an seinem Pferdeschwanz noch an seinem Zauselbart herum und ich fand sogar, dass seine Sätze länger und geschmeidiger waren als sonst. Irgendwas war mit Consti vorgegangen, das war kaum zu übersehen.

„Na toll", antwortete Tomke, „und hast du zufällig achthundert Piepen übrig, oder was?" Spiro hob die Arme, als holte er mit den Schlagzeugstöcken zum finalen Tusch aus. Offensichtlich hatte er schon ordentlich einen sitzen.

„Nun bleibt mal locker, Leute. Was labert ihr immer von dem Geld, als wäre Möwe ein Erpresser oder sowas. Ich sag euch, der ist im Grunde ein ganz chilliger Typ."

„Ach, woher willst du das denn wissen?"

„Keine Ahnung. Ich hab irgendwie ein gutes Gefühl bei ihm." Mit Sicherheit war Spiro der einzige von uns, der mit Möwe ein gutes Gefühl in Verbindung brachte. Vielleicht sagte er das auch nur so. Im Grunde ist mir Spiro genauso unverständlich und fremd wie Möwe, nur dass Spiro irgendwie ein netter Kerl ist und Möwe gruselig.

„Wir gehen hin und reden mit ihm und dann sehen wir weiter", schlug Spiro vor. Der Plan war ebenso einfach wie naheliegend, so dass niemand einen Einwand erhob, obwohl er voraussetzte, dass man mit Möwe reden konnte. Wir nippten an unseren Getränken und guckten in die Gegend rum, als würden wir über Einzelheiten des Plans nachdenken. Ich stellte mir vor, wie wir vor Möwe antreten und ihm beichten, dass wir ihn nicht vertragsgemäß bezahlen können. Und dann würde er dieses kaputte Möwegrinsen aufsetzen und zur Wiedergutmachung irgendwas sadistisches befehlen -

dass jeder von uns einen Esslöffel seiner Kacke essen muss oder so.

„Dann lasst uns jetzt sofort gehen", sagte Consti und es klang wie ein Befehl. Auch das war neu an ihm, dass er so klingen konnte. Okay, nach dem Rattenmord hatte er befohlen, nach Hause zu fahren, aber da war er stinksauer gewesen.

Möwe saß auf seinem Stuhl an der Kasse, als hätte er sich seit unserem letzten Besuch im Laden nicht wegbewegt. Mir schien, dass er sogar denselben Pullover trug wie vor ein paar Monaten, nur dass damals klirrende Kälte geherrscht hatte und jetzt das aufdringliche Klima einer Backstube. Mit einem Grinsen verbarg Möwe sich hinter der Maske von Stumpfsinn, die jeden Fachmann getäuscht hätte.

„Ah, die geschätzten Ladies der Kapelle, die im gesamten Bundesgebiet unter dem Namen *Sojus* bekannt geworden ist, wenn ich nicht irre."

„Geht so", antwortete Consti, „war auf jeden Fall eine ziemlich anstrengende Tour."

„Nun seid ihr aber zurück, wie ich sehe, und postwendend werdet ihr bei eurem geschätzten Manager vorstellig, um ihm sein sauer verdientes Geld zu bringen." Sein ironisches Gefasel verpasste mir ein flaues Gefühl im Magen. Und nicht einmal eine Minute hatte er gebraucht, um auf den wunden Punkt zu kommen.

„Nein", sagte Spiro, „deswegen sind wir hier."

„Ihr seid hier, um mir mein Geld *nicht* zu bringen? Guck an. Kann es sein, dass ihr was getrunken habt?"

„Was mich betrifft, ja, um ehrlich zu sein." Spiro lächelte und schwenkte seine Locken. Möwe glotzte ihn aus seiner Stumpfsinnigen-Maske an. Dann stieß er ein ziegenhaftes Meckern aus. Seine Art zu lachen. Mit einer plötzlichen Bewegung, die ihn eigentlich hätte vom Stuhl reißen müssen, zauberte er eine Flasche und ein paar Pappbecher hervor.

„Du bist ganz nach meinem Geschmack, Trommler Spiro, verdammt nach meinem Geschmack. Das Zeug richtet uns zu Grunde, aber es hat magische Fähigkeiten, nicht wahr? Eine verdammte Glücksdroge."

„Kann man so sagen", antwortete Spiro. Möwe ließ die gold-gelbe Flüssigkeit in die Becher glucksen, von denen zweifelhaft blieb, ob sie noch unbenutzt waren.

„Und das beste", sagte Möwe, „du kannst das Zeug an jeder Ecke kaufen. Das Glück steht in jedem verschissenen Supermarktregal. Du trinkst davon und der ganze Mist, der einem passiert, ist plötzlich nicht mehr so schlimm. Nichts, worum man sich noch Gedanken machen muss."

„Genau das hab ich auch schon oft gedacht", sagte Spiro. Möwes Grinsen verwandelte sich in ein echtes Lächeln. Was passierte hier gerade? Die zwei schnäbelten herum wie ein Liebespaar.

„Reden wir jetzt übers Saufen oder über die achthundert?", fragte Tomke.

„Ah, der Bandleader spricht", antwortete Möwe, „der Bandleader ist schließlich der coole Chef. Weißt du, kleiner Bandleader, was das Geheimnis der coolen Typen ist? Sie tun so, als gehörten sie zu einem Club, in den jeder rein will, aber natürlich lassen sie nicht jeden rein. Es geht darum, am Drücker zu sein. Und nun sag mir: hältst du *mich* für cool?"

Tomke zuckte die Schultern.

„Leute wie ich haben ihren eigenen Club, in den sie *niemanden* reinlassen. Du bist auf jeden Fall keiner von den coolen Typen. Das ist mal sicher. Du bist... ich hab keine Ahnung, was du bist."

Es gefiel Tomke nicht, dass Möwe über seinen Grad an Coolness urteilte.

„Ich hab eine Band", sagte Tomke und ich wünschte, dass er das nicht gesagt hätte.

„Du hast eine Band *gehabt*, wie es aussieht. Und wenn ihr gerecht teilt, dann schuldest du mir zweihundert Euro." Möwe grinste, als stürze er endgültig in den Abgrund geistiger Verdunklung.

„Ich weiß", antwortete Tomke. Auch nicht sonderlich geistreich.

„Ich bin kein Unmensch", sagte Möwe, „was immer du auch von mir denkst, kleiner Bandleader. Was haltet ihr von folgendem Deal: Ich hab zur Zeit eine vielversprechende Band am Start, nur der Trommler bremst ein bisschen, versteht ihr? Du (er deutete mit dem Kopf auf Spiro), du wechselst die Band und ich vergess die Achthundert." Ich guckte zur Seite in Spiros Profil. Da war kein Zucken zu sehen, keine Grimasse, nichts, was Entrüstung oder eine schwache Variante davon hätte verraten können. Vielmehr schien er mit einer sachlichen Kalkulation beschäftigt zu sein. Dann guckte ich zu Tomke. Was sagte er dazu, dass nicht *seine* Band die vielversprechende war? Er schwieg.

„Von mir aus", sagte Spiro. Vielleicht hätte ich mich jetzt fühlen sollen, als hätte Spiro oder Möwe oder beide gleichzeitig uns in die Eier getreten. Ja, Spiro verkaufte sich für achthundert an den widerlichen Möwe. Er verkaufte *uns* an Möwe, die ganze Band ‚Sojus'. Er machte sich zur musikalischen Nutte und uns gleich mit. Aber nichts. Nichts regte sich in mir. Als hätte jemand meine Seele mit grauer Schutzfarbe ausgepinselt. Dann dachte ich an das Problem der achthundert Euro und wie es sich gerade in der stickigen Luft auflöste wie ein Rauchwölkchen.

Immer noch fixierte ich Spiros Profil. Ein Lächeln huschte um seine Lippen, das die unmögliche Mischung aus Resignation und Zukunftsaussicht in sich trug. Die graue Schutzfarbe blätterte ab und mit einem Schlag stand die Wahrheit vor meinen Augen: Nach sechs Wochen Tour hatte ‚Sojus' es zu nichts gebracht als zu achthundert Euro Schulden; nicht einmal mehr in Möwes Augen galten wir als vielversprechend; Spiro holte uns mit einem Schlag aus der Patsche, indem er sich prostituierte, und für ihn selbst konnte es in einer anderen Band weitergehen; er würde etwas haben, das ihn über Wasser hielt. Wenn da noch eine kleine schillernde Seifenblase der Illusion war, in der der unbelehrbare Teil meines Verstandes über der Wirklichkeit schwebte, dann zerplatzte sie nun und klatschte als ein Spritzer Seifenwasser auf den abgeschabten Terrazzoboden unter meinen Sandalen. Es würde auf Dauer kein Leben als Musiker geben. Nicht für mich und für Tomke wahrscheinlich auch nicht. Ich bin für die Schriftstellerei bestimmt. Für was auch sonst?

Was als Vermutung begann, erhielt jetzt die glühende Aureole der Erleuchtung. Ich der Autor.

Tomke stand immer noch da und brachte kein Wort heraus. Er gab sich geschlagen. Einfach kampflos geschlagen. Nicht einmal genug Energie, um eine Szene zu machen, brachte er auf.

„Also abgemacht", sagte Consti, während er den Becher hob.

„Abgemacht", antwortete Möwe. Wir kippten den Schnaps runter und damit verschwanden unsere Schulden auf ebenso unscheinbare Weise von der Welt, wie sie dort hineingekommen waren.

Wiedersehen mit Inga

Am Abend rief ich bei Inga an. Sie war ganz aus dem Häuschen und eine knappe Stunde später lagen wir auch schon nebeneinander nackt in meinem Bett. Bei der Gelegenheit erwähnte ich, dass meine Eltern am Wochenende einen Ausflug nach Dresden unternehmen würden.

In den nächsten Tagen trafen wir uns ziemlich oft, obwohl ich gern mal Zeit für mich ganz allein gehabt hätte, und Inga entwickelte den Plan, das Wochenende bei mir zu wohnen. Ich fand mich in einer Zwickmühle wieder. Einerseits fiel mir kein vorzeigbares Argument ein, mit dem ich ihr den Wunsch hätte abschlagen können, andererseits wollte ich mir die süße elternfreie Zeit nicht durch Ingas Dauerpräsenz überzuckern lassen.

Am verabredeten Tag stand sie mit einem Köfferchen und einem selbstgebackenen Kuchen vor der Tür und klingelte.

Ich nahm meinen Mut zusammen, um ihr zu sagen, dass sie wieder gehen soll, dass ich meine Ruhe haben will. Aber als ich die Tür öffnete und sie plötzlich so nah vor mir stand, wankten meine Vorsätze. Sie trug ihr Marilyn-Monroe-Kleid und nun schlich sich mir ihr Geruch in die Nase und direkt ins Rückenmark. Trotzdem versuchte ich zu denken: Nicht mit mir. Ich konnte mich zusammenreißen.

Sie hatte eine neue Frisur. Ich sah es sofort, aber ich sagte nichts. Sie saß inzwischen an unserem Küchentisch und lächelte. Ich spürte, wie sie sich wünschte, dass ich sage, wie hübsch sie aussieht, was sie ja auch tat. Aber da konnte sie lange warten. Ich sah gar nicht zur ihr hin, während ich mit der Teekanne hantierte, als könnte ich dabei nicht auch mal zu ihr hinsehen.

„Was gibt es denn für Tee?", fragte sie.

„Schwarzen", antwortete ich, obwohl sie natürlich die Geschmacksrichtung meinte. Verdammt noch mal, sie wusste ganz genau, welche Geschmacksrichtung es gab, und genau deshalb fragte sie ja auch – sie wollte auf diese Vertrautheit zwischen uns hinaus. Deshalb bekam sie auch keine vernünftige Antwort. Ich hasste das.

„Pflaume?", fragte sie auch noch. Ich antwortete nicht, sondern ging einfach raus.

„Die Teelichter sind hier", rief sie hinter mir her. Natürlich hatte ich die Teelichter gesucht, aber dann holte ich eben Zigaretten.

„Ich denke, du rauchst erst nach 17 Uhr?"

„Zigarren rauche ich erst nach 17 Uhr. Zigaretten ab 15 Uhr."

„Seit wann rauchst du Zigarren?"

„Tu ich nicht."

„Hast du das nicht eben gesagt?"

„Es ist noch nicht 17 Uhr. Also rauche ich keine Zigarren."

Jetzt sah ich doch mal zur hin. Ihr Lächeln war verschwunden. Sie sah traurig aus und ein bisschen wütend.

Außerdem war der Tee schon viel zu lange im Wasser. Er würde bitter schmecken. Ich fing an, mich schäbig zu fühlen.

„Was ist das denn für Kuchen?", fragte ich, um ein wenig einzulenken.

„Apfel", antwortete sie einsilbig. Ich sollte merken, dass sie meine Absicht durchschaut hatte und sich nicht so leicht versöhnen lassen wollte. Ich fühlte mich noch schäbiger.

„Warst du beim Friseur?" Nun hatte ich doch gefragt. Sie hatte es wieder geschafft. Am liebsten würde ich die Wörter aus der Luft und aus ihren Ohren kratzen. Instinktiv schnellte ihre Rechte hoch und stupste von unten gegen ihre Haarwellen.

„Gefällt es dir?", fragt sie.

„Das andere war auch nicht schlecht."

So ging die Unterhaltung noch etwa eine Stunde. Schließlich war Inga so deprimiert, dass sie keine Lust mehr auf Sex hatte. Warum war sie dann gekommen? Aber das sagte ich nicht. Wahrscheinlich wusste sie, was ich gerade dachte. Aber sie hatte Stolz oder Würde oder was auch immer genug, um zu schweigen. Aber nicht genug, um jetzt zu gehen.

Ich fing an, nett zu ihr zu sein. Dabei tat ich so, als würde mich Sex nicht mehr interessieren. Das würde funktionieren. Sie würde dann, ob sie es wusste oder nicht, das Gefühl bekommen, dass *sie* mich nicht mehr interessierte. Das müsste sie doch ohnehin haben. Ja, aber es machte einen Unterschied, ob ich gemein zu ihr war oder ob ich ihr das Gefühl gab, dass sie mich nicht mehr interessierte, und dabei nett zu ihr war.

Inga fuhr mit der Zunge über ihre Lippen und ließ mich in ihren Ausschnitt blicken. Sie streichelte mir übers Knie. Ich schob ihre Hand weg. Ihre Hand kam wieder. Diesmal ein Stück weiter oben und mit dem Eroberungswillen, auf den ich gehofft hatte. Eine viertel Stunde später lagen wir im Bett. Wir lagen nebeneinander und starrten an die Decke. Nein, ich starrte an die Decke und Inga sah mir von der Seite ins Gesicht.

„Warum schläfst du mit mir, wenn du mich nicht liebst?", fragte sie. Ihre Stimme klang erdrückend nach Ernst, Offenheit und Verletzlichkeit.

„Sag doch bitte was." Aber was um Himmels willen sollte ich sagen? Dass ich sie ausnutzte? Ich wollte ihr ja nicht wehtun. Schließlich mochte ich sie ganz gern.

Plötzlich stand sie auf und fing an, sich anzuziehen. Ich hatte noch gar nicht geantwortet. Dann kniete sie sich wieder zu mir aufs Bett und sah mir ins Gesicht. Ich schaute zurück und versuchte irgendwie traurig dabei auszusehen. Ich wusste nicht einmal, warum.

„Ich werde jetzt gehen", sagte Inga. Das sagte sie immer zum Abschied. Aber ich glaubte, diesmal meinte sie etwas anderes. Sie meinte das tragische, furchtbare Für-Immer. Sie sah mich an und wartete auf meinen Text. Mir fiel nichts ein. Ich konnte sie nur anstarren und dumm schweigen. Vielleicht glaubte ich ihr das Für-Immer nicht. In ihrem Gesicht sah ich, wie mein Schweigen sie wütend machte.

Das Finale

„Musste ja irgendwann so kommen", sagte Tomke, „obwohl ich eher auf Consti getippt hätte." Wir saßen an Tomkes Esstisch, vor uns die aufgequollenen, verkohlten Ränder der Pizza, die seine Freundin zubereitet hatte. Tanja saß ebenfalls am Tisch und drehte den Stiel ihre Rotweinglases zwischen den Fingern.

„War toll die Pizza", sagte ich und überlegte, ob eine hausgemachte Pizza einem Tiefkühlprodukt tatsächlich überlegen war. Trotz der Übereinstimmung des Namens, gingen die Dinge geschmacksmäßig ziemlich weit auseinander. Ein ‚besser' oder ‚schlechter' war nicht leicht zu beurteilen. Der hausgemachten Variante merkt man - zumindest in diesem Fall - die geringe Erfahrung bei der Pizzazubereitung an. Was nicht heißen soll, dass das TK-Zeug wie bei Pizza Hut schmeckt.

Tanja bedankte sich für das Kompliment und versuchte, nicht auf die gelb-braun-schwarzen Krustenwülste auf den Tellern zu gucken.

„Hol mal Getränke, Schatz", befahl Tomke mit einem Lächeln. Tanja holte postwendend eine Flasche Rum und ein Dosenbier aus dem Kühlschrank.

Tomke war seit unserer Rückkehr zu Rum übergegangen, von dem er eine günstige Marke ausfindig gemacht hatte, die nach seiner Auskunft wie Original-Jamaika-Rum schmeckte. Er trank ihn pur aus einem umfunktionierten Cola-Glas. In weniger als einer Stunde würde er sich in einen Zustand versetzt haben, in dem er den kreiselnden Nachweis führte, dass er das einzig brauchbare Exemplar der menschlichen Spezies war und der Rest - besonders sein Gesprächspartner - Gesindel. Dagegen gab es zwei - gleichermaßen sinnlose - Strategien. Entweder man gab zu bedenken, dass auch Tomke seine Fehler oder wenigstens Schwächen hatte, was aber nur bewies, dass man ein Verräter war, der nicht an ihn glauben wollte, einer von dem Kroppzeug, das alles Überlegene, alles Genie mit Dreck beschmeißen musste. Oder man stellte sich in ein besseres Licht als das, das Tomke über einen ausgoss wie einen Eimer Gülle. Das Resultat war in beiden Fällen dasselbe: man war Gesindel. Und weil das auch die Voraussetzung war, war die Argumentation wasserdicht.

Für heute bestand allerdings die Aussicht, dass nicht ich, sondern Spiro das Ziel seiner Schmähsucht werden würde. Spiro, der Verräter, die Trommler-Nutte. Aber da sollte ich mich irren.

Tanja räumte das Geschirr und die Pizzareste ab und zog sich ins Schlafzimmer zurück, wo ein Fernsehgerät stand, vor dem sie ihr „kleines Reich" eingerichtet hatte. Einen Sessel und ein Tischchen, auf dem die Fernsehzeitschrift lag und meistens irgendein Roman von Forsyth oder Ken Follett. Sie war nämlich zu Tomke gezogen, weil zwei Wohnungen, nachdem er für unsere Tour den Job geschmissen hatte, natürlich zu teuer waren. Sie zahlte die Miete, war seine Haushälterin und befriedigte seine nächtlichen Bedürfnisse. Tomke meinte allerdings, dass sie in ihrer Beziehung mehr profitieren würde als er, denn sie lerne bei ihm, Selbstbewusstsein zu entwickeln. Er mache aus ihr einen besseren Menschen, was er sein ‚pädagogisches Projekt' nannte. Von Zeit zu Zeit kam sie herein, setzte sich zu uns und rauchte eine Zigarette. Dann kehrte sie zu ihrem Fernsehgerät zurück. Im Schlafzimmer durfte sie natürlich nicht rauchen.

Anstatt Spiro zu verteufeln, sagte Tomke:

„Ich wüsste einen fürs Schlagzeug."

„So? Wen denn?"

„Schmalbach."

„Schmalbach? Ich meine: Jasper Schmalbach?"

„Genau."

„Seit wann spielt der denn Schlagzeug?"

„Schon ein paar Jahre. Und zwar grundsolide. Absolut timing-fest."

„Wusste gar nicht, dass du Kontakt zu alten Klassenkameraden hast."

„Hab ich auch nicht", antwortete Tomke, „war ein Zufall, dass ich ihn mal hab spielen hören. Auf jeden Fall passt er zu uns. Oder was denkst du?"

„Ja klar", sagte ich. Was blieb mir sonst übrig. Ich wollte nicht in die Schusslinie geraten, in der ich Spiro heute gern gesehen hätte.

„Und was ist mit dir?", fragte Tomke plötzlich.

„Was meinst du?"

„Ich meine, ob du auch aussteigst. Aus der Band." Er schaute mich mit einem Lächeln an, das überlegen wirken sollte, aber eigentlich schon ziemlich angetrunken aussah. Der Unwille, diese Unterhaltung zu führen, ballte sich in mir wie ein Krampf. Ich hätte jetzt aufstehen sollen und ihm sagen, er möge doch seine schlechte Laune an sonst wen (meine Gedanken glitten kurz ins Schlafzimmer rüber) auslassen.

„Wieso aussteigen? Wie kommst du jetzt darauf?"

„Ich meine nur wegen dieses Schriftsteller-Dings. Das du vor mir verheimlichst." Wieder das Lächeln, während er es kaum noch schaffte, den Blickkontakt zu halten.

„Ich verheimliche doch nichts. Warum sollte ich? Ich hab vielleicht vergessen, es dir zu sagen." Woher wusste er davon? Hatte Consti geplaudert?

„Erzähl, was du willst. Ich frag mich nur, was das soll. Da dachte ich, du willst aus der Band raus und auf Schriftsteller machen."

„Quatsch. Es ist nur - du hast deine Musik und ich... ich bin bloß der Rhythmusgitarrist."

„Was soll das denn heißen? *Meine* Musik. Es ist *unsere* Band. Oder etwa nicht?"

„Doch, klar. Aber du schreibst die Stücke und alles. Ich mach nur ein bisschen die Rhythmusgitarre."

„Du hast doch auch an den Stücken mitgeschrieben. Der Refrain von Eternity zum Beispiel. Du hast dir das Riff dazu ausgedacht und ohne das Riff wäre der Song nur die Hälfte wert." Das stimmte. Mir war irgendwann dieses Riff eingefallen. Und ein paar andere Kleinigkeiten, die aber nicht ernsthaft zählten. Und in Tomkes Augen zählte das auch nicht ernsthaft. Er tat nur so, weil ihm das gerade in den Kram passte.

„Das Riff, meine Güte, das macht maximal fünf Prozent des Stückes."

„Und? Wird das jetzt ein Wettstreit oder was?", fragte er.

„Nein, davon ist doch gar nicht die Rede."

„Ich glaube aber doch. Ja, weißt du, was ich glaube? Ich glaube, du siehst uns als Konkurrenten. Du hast mich immer schon als Konkurrenten gesehen." Ich wollte ihm einen Vogel zeigen. Doch etwas hielt mich davon ab. Zum einen war ich mir nicht sicher, ob er schon so betrunken war, dass er morgen alles vergessen haben würde. Zum anderen keimte plötzlich ein Zweifel. Hatte er ein klitzekleines bisschen Recht? Ging es mir manchmal darum, dass ich auf irgendeinem Gebiet der coolere von uns war?

„Glaubst du ernsthaft", fragte Tomke, „dass du mit deiner Schreiberei jemals so erfolgreich sein wirst wie ich?" Ich dachte an unsere Tour und fragte mich, von welchem Erfolg er sprach.

„Woher willst du das wissen? Du hast doch noch gar nichts von mir gelesen." Wieder versuchte er sein überlegenes Lächeln, was allmählich grotesk wurde, weil sein Kopf bereits anfing zu wackeln.

„Mika, du bist mein bester Freund. Oder zumindest warst du mein bester Freund. Ich weiß nicht, ob wir überhaupt noch Freunde sind. Das sag ich dir ganz aufrichtig: Ich muss nichts von dir lesen. Ich weiß das auch so. Weil du nun mal nicht der kreative Typ bist. Du hast hier was" (er tätschelte meinen Kopf oder versuchte es wenigstens und rutschte auf die Schulter ab) „aber hier hast du nichts" (diesmal wollte er wohl meine Herzgegend treffen, landete aber mit der Hand in meinem Schoß). Tanja kam herein und Tomke rappelte sich langsam wieder hoch. Ich fragte mich, ob es für sie vielleicht merkwürdig ausgesehen hatte, doch sie schien nichts bemerkt zu haben. Sie setzte sich und griff nach der Zigarettenpackung, die Tomke inzwischen leergeraucht hatte. Sie stand auf und holte eine neue Schachtel aus ihrer Handtasche. Tomke versuchte noch einmal sein Lächeln - diesmal in Tanjas Richtung. Doch sein Kopf sackte nach unten und die Augen fielen ihm zu.

„Ich geh dann jetzt", sagte ich zu Tanja und fühlte mich plötzlich für irgendwas schuldig. Für Tomkes Trunkenheit, dafür, dass er war, wie er war, ohne dass ich, sein bester Freund, etwas dagegen unternahm.

„Kannst du mir noch helfen, ihn ins Bett zu tragen?", fragte sie. Tomke riss die Augen wieder auf, so gut er es hinbekam.

„Hier muss mich keiner ins Bett bringen. Darauf kann ich verzichten." Er stemmte sich hoch und wankte in Richtung Badezimmer.

*

Zwei Monate später war die Episode ‚Inga' vorbei. Ich sage ‚Episode' und in Wahrheit staune ich, wie schnell es gegangen war. Das über Jahre am heißesten herbeigesehnte Mysterium hatte sich in Verdruss verwandelt. Ich war bereit gewesen, alles, wirklich alles für Sex zu tun. Und genau das stellte sich als Irrtum heraus. Das unendliche Mysterium schrumpfte zu etwas, das auch lästig (hinterher) und peinlich (teilweise vorher) sein konnte. Inga schrumpfte. Ich schrumpfte. Wir schrumpften so gründlich, dass ich mit Inga Schluss machte. Na gut, eigentlich hatte sie den Schlussstrich gezogen, weil sie meine Launen nicht mehr aushalten konnte. Aber das war insofern nur Notwehr.

Die Band aber ist noch nicht vorbei. Consti spielt weiterhin Bass und der neue Schlagzeuger heißt Schmalbach.

In der Halle lassen sie Musik von der Konserve laufen. Viele Leute stehen mit ihren Bierflaschen vor dem Eingang und auf dem Parkplatz, um zu rauchen oder sich zu unterhalten. Einige von den Bands, die bereits ausgeschieden sind, haben versucht, mit ihren Autos etwas dichter an den Hintereingang zu gelangen. Nun stehen Fahrzeuge, Verstärker und Instrumente ineinander verkeilt da und der Frust über das Ausscheiden würde in Handgreifliches überschwappen, wenn Musiker einen Hang dazu hätten. Den meisten fehlt die Bereitschaft zur Gewalt. Im Grunde sind die meisten Musiker Nerds. Es gibt Computer-Nerds und eben auch Musiker-Nerds.

Consti ist spazieren gegangen, Tomke sitzt mit Schmalbach an der Bar und ich hock hier in dem nach Bierpfützen riechenden Backstage-Zimmerchen, in dem die Musiker sich aufhalten dürfen. Alle paar Minuten kommt einer von den Ordnern - oder Technikern oder was für Leute das sind -durchgestürmt und labert irgendwas in sein Walkie-Talkie, als befinde er sich auf einem Quadratmeilen großen Festivalgelände. Es ist ein Durchgangszimmer zwischen Hintereingang und Bühnenbereich. Und als wäre das nicht schon ungastlich genug, sprühen nackte Neonröhren ihre weiß-grau-blaue Helligkeit durch die Luft. Mein Heft klebt an einer Art

Küchentisch fest, auf dem die Bandmitglieder Getränke abgestellt haben, dazwischen Packungen mit Gitarrensaiten, Stimmgeräte und diesen ganzen Kleinkram, den man vor dem Auftritt noch hastig austauscht, weil irgendeiner ja immer irgendwas vergessen hat. Trotzdem bin ich froh, ein Fleckchen zum Schreiben gefunden zu haben. Ich könnte mich auch fragen: Warum gerade hier und jetzt? Ich weiß es nicht. Ich hatte das Heft mitgenommen, weil ich dachte: für alle Fälle. Und dann wurde mir langweilig. Tomke hängt ohnehin die ganze Zeit mit Schmalbach ab, als wären sie füreinander eine riesen Wiederentdeckung. Dabei redet Tomke nur seinen üblichen Kram vom Erfolg und dass man an sich glauben muss und dass man sich daher auch nur mit Leuten umgeben sollte, die an einen glauben, die anderen ziehen einen runter usw usw.. Und Schmalbach interessiert der ganze Kram nicht die Bohne. Wahrscheinlich weiß er nicht, wie er Tomke wieder loswerden soll. Die Leute dazu zu bringen, ihm zuzuhören, darin ist Tomke nämlich eine glatte Eins. Aber dass Schmalbach das Gerede nicht interessiert, kann man ihm an der Nase ablesen. Die ganze Zeit glotzt er in der Halle rum, ob nicht ein hübsches Mädchen vorbeikommt, dem er zulächeln kann mit diesem dämlichen Ausdruck im Gesicht: ‚Hey, Süße, ja ganz richtig, ich war vorhin auf der Bühne, ich spiel nämlich in einer *Band*‘.

Zuerst hab ich das Heft also nur so aus Langeweile aufgeklappt und meinen Stift aus der Jackentasche gezogen. Aber jetzt komme ich langsam in Form, obwohl hier ständig Leute rein und raus rennen. Die beachten mich jedoch gar nicht. Als wäre ein Typ, der in ein Schulheft schreibt, an diesem Platz die normalste Sache von der Welt. Ich könnte mir auch eine Nadel in die Venen stechen. Würde auch keinen interessieren. Trotzdem sitzt man nicht allein in einer Kammer (was einen ziemlich fertig machen kann). Ein wunderbarer Schwebezustand; bestens für das Schreiben geeignet. Man hat das Gefühl, dass alles im Kopf zu strömen anfängt.

Wenn ich ehrlich bin, hat es wohl auch mit Magdalena zu tun, dass ich jetzt hier vor meinem Heft sitz. Sie ging in der Mittelstufe in unsere Klasse. In der Oberstufe war sie verschwunden und es sickerte durch, dass sie wegen irgendwelcher Mobbingvorfälle die Schule gewechselt hätte. Es wurden häufig Witze gerissen wegen ihrer enorm dicken Brillengläser und dann machte irgendwann dieser Liebesbrief die Runde, den sie an mich geschrieben hatte. Mehr war eigentlich nicht.

Nach unserem Auftritt in der Vorrunde stand sie plötzlich vor mir und sagte:

„Hallo Mika." Ich antwortete:

„Hey."

Wir standen uns noch zwei oder drei Sekunden sinnlos gegenüber. Ich hatte das Gefühl, dass mein Blick an ihr abprallen würde. Als befinde sich hinter ihren Augen eine Schutzmauer aus Panzerplatten. Dann drehte sie ab und marschierte Richtung Hauptausgang. Zuerst hatte ich sie gar nicht erkannt, weil sie keine Brille trug und unwahrscheinlich dünn war. Sie sah wie ein Punk aus, also verfilzte Haare, Piercings und alles überwiegend in Schwarztönen. Ich dachte daran, dass sie mich auf der Bühne gesehen hatte und an den Liebesbrief von damals.

Später ging ich raus, um eine Zigarette zu rauchen. Da stand sie. Wie mit dem Lineal ausgemessen im maximalen Abstand zu den einzelnen Grüppchen, die den Weg zum Haupteingang verklumpten. In der einen Hand hielt sie ein Bier, in der anderen ihre Zigarette. Ich ließ den Blick über die anderen Leute schweifen und über den Parkplatz, als wäre ich auf der Suche nach jemand bestimmtes. Ich überlegte, ob ich zu ihr hingehen sollte. Unsere Begegnung vorhin war nicht besonders zukunftsweisend abgelaufen. Ich spürte, wie sie mich im Blick behielt, unauffällig, als würde sie gar nicht zu mir hingucken. Im Grunde so, wie ich es auch machte. Dann trafen sich doch unsere Blicke. Höchstens für eine Nanosekunde, aber das reichte, um es nicht leugnen zu können. Also schlenderte ich zu ihr rüber.

„Hey."

„Hey."

Sie nippte an ihrem Bier. Ich zog an der Zigarette.

„Und? Alles klar bei dir?", fragte ich.

„Ja." Sie ließ ihre Kippe fallen und quetschte mit einem ihrer Springerstiefel darauf herum, als bestehe Waldbrandgefahr.

„Was machst du hier?", fragte ich.

„Wieso?"

„Kennst du jemanden aus einer der Bands?" Sie guckte mich zweifelnd an.

„Euch", antwortete sie.

„Nein, ich mein, warum bist du hier?" Sie zuckte die Achseln.

„Wie fandest du die Bands bisher?" Wieder zuckte sie nur mit den Schultern.

„So ein Wettbewerb ist doch sowieso Quatsch", fügte sie hinzu, nachdem ich mit einem Redeschwall gar nicht mehr gerechnet hatte.

„Findest du?" Für einen Moment guckte sie zu mir hoch. Wahrscheinlich trug sie Kontaktlinsen. Oder sie hat sich die Augen operieren lassen.

„ Musik-Machen ist doch kein Wettkampf. Entweder man findet eine Band gut oder nicht", verkündete sie. Sie bat mich ihr Bier zu halten, damit sie die Hände frei hätte, um sich eine neue Zigarette zu drehen.

„Wenn du Tomke fragst, ist es eine Charakterfrage, welche Musik man gut findet."

„Tomke ist ein Arsch", antwortete sie und zog verächtlich die Nase hoch, was aussah, als hätte sie sich das irgendwo abgeguckt. Tomke ist mein Freund, wollte ich sagen, oder etwas ähnliches, ließ es aber bleiben.

„Wenn das hier vorbei ist, steig ich bei der Band aus", sagte ich, „Musik ist eigentlich nicht mein Ding."

„Hast du noch ein anderes Ding?", fragte Magdalena. Sie wurde rot und dann ich auch. Wir steckten uns die Zigaretten in die Münder.

„Ich schreibe."

„Was?"

„Ja, ich glaube, Schriftsteller wäre mein Ding." Tomke hätte gesagt: Schriftsteller *ist* mein Ding.

„Magst du den Konjunktiv?", fragte ich. Sie guckte mich an, als sei ich nicht ganz dicht, wozu sie auch allen Grund hatte. Doch nachdem mir die Konjunktiv-Sache rausgerutscht war, ergriff ich die Flucht nach vorn.

„Du weißt schon: Konjunktiv. Die Möglichkeitsform."

„Ach so. Klar." Es entstand wieder eine Pause, die wir zum Rauchen und zum Biertrinken nutzten.

Vom Parkplatz her näherte sich Schmalbach. Als er mich entdeckte, blieb er stehen und zeigte auf seine Armbanduhr.

„Ich glaube, wir sind bald wieder dran", sagte ich. Magdalena sah auf und ein hauchdünnes Lächeln zupfte an ihren Mundwinkeln.

„Vielleicht sehen wir uns, wenn du noch da bist."

„Ja, wär möglich", antwortete sie. Ich warf meine Kippe weg und ging durch den Haupteingang, obwohl Schmalbach wahrscheinlich noch am Rand des Parkplatzes wartete.

Es ging aber noch gar nicht los und jetzt sitz ich hier und schreib in mein Heft. Vier Bands haben sich für die Endrunde qualifiziert. Spiros neue Band ist natürlich auch dabei. Klingen ziemlich professionell, was aber, wie Tomke erklärt hat, hauptsächlich an den ganzen Keyboardsounds liegt. Ich steh eigentlich nicht auf Keyboards. Die Bläser, die sie haben, sind eher mein Fall. Eine Trompete, eine Posaune und zwei Saxophone. Damit werden sie uns im Finale wegblasen, hat Spiro scherzhaft gesagt, als wir uns über den Weg liefen. Tomke hat nicht einmal gegrüßt und Schmalbach auch nicht, aber der kennt Spiro ja auch nicht. Consti war gerade nicht in der Nähe und ich hab zaghaft zu dem Scherz gelächelt, das war alles. Wahrscheinlich hat Spiro recht, ich meine, dass sie uns wegblasen werden. Im Vergleich zu denen klingen wir wie eine lahme Ente, wenn man es mal nicht aus der Tomke-Perspektive betrachtet.

Ich stelle mir die drei Juroren als einen Radiomann, einen Banker und einen richtigen Musiker vor. Der Banker wird was von Tomkes kompositorischer Raffinesse faseln, obwohl er Moll nicht von Dur unterscheiden kann, und der Radiomann wird sagen:

„Durchaus, doch sollte man den sowohl pompösen als auch funkigen Sound der ‚Jupiters' (so heißt Spiros neue Band) als wichtigen Punkt in die Bewertung einfließen lassen." Und ein dritter Juror, der Musiker, wird hinzufügen:

„So halten sich die Bands wohl die Waage. Das Zünglein an dieser ist... Nun?" Er wird mit der Art Aufforderung in die Runde schauen, die das erwartete Achselzucken schon vorwegnimmt. Die anderen beiden gucken ihn an mit einem Blick, der sagen soll: Oh bitte, sag es uns, wir sind ganz ratlos. Denn sie haben den Musiker als die Autorität in ihrer Runde akzeptiert, was auch daran liegt, dass ihnen der ganze Wettbewerb eigentlich herzlich egal ist. Sie könnten sich eine angenehmere Weise vorstellen, den Samstagabend zu verbringen.

„Habt ihr mal auf den Schlagzeuger geachtet?", wird der Musiker fragen, „der Mann ist eine Inspiration." Die anderen werden kennerhaft nicken und jetzt, da der Musiker sie darauf aufmerksam macht, einsehen, dass dieser Schlagzeuger den Unterschied darstellt.

Vielleicht läuft es auch ganz anders. Je länger sich die Sache hinzieht, desto mehr wird Spiro zum Risiko. Könnte sein, dass er mitten im Auftritt von seinem Schlagzeughocker fällt. Die Leute von ‚Jupiter' werden ihm seine Lieblingsbeschäftigung nicht ausgetrieben haben. Und die Juroren werden sagen:

„Tja, in der Vorrunde hätte ich alles auf ‚Jupiter' gesetzt. Die hatten echt Dampf." Und der Musiker wird antworten:

„Ganz richtig. Aber mit einem solchen Schlagzeuger wird es eben nichts. Man muss sich auf seine Leute verlassen können. Talent allein macht es nicht." Die anderen beiden werden zustimmend nicken und dann werden sie überlegen, wer denn nun als Sieger in Betracht kommt.

„Diese... äh... Sojus waren doch nicht so übel", wird der Radio-Mann sagen und der Bank-Mann wird in seine Notizen gucken, um Zeit zu gewinnen, bis der Musiker sich äußert. Der wird den Mund verziehen wie zu einer Sache, die er nicht ganz von der Hand weisen kann, die ihm aber nicht richtig in den Kram passt.

„Dass die Songs einen Gehalt aufweisen, haben wir schon gesagt. Aber die *performance*, Leute, die *performance*! Die anderen werden nicken, obwohl sie nicht genau wissen, was der Musiker meint, und der wird es sich nicht nehmen lassen, seine Fachkompetenz leuchten zu lassen:

„Der Rhythmusgitarrist. Was ist mit dem? Habt ihr den gehör?" Die anderen nicken.

„Na ja, viel gehört hat man von dem eigentlich nicht. Zum Glück. Meine Güte, was für ein grauenhaftes Timing." Schließlich werden sie doch für Sojus stimmen, weil der Rest auch nicht gerade zu Euphorie angestachelt hat und weil Spiro im falschen Moment besoffen vom Hocker gefallen ist.

Dann werden alle Endrunden-Bands auf die Bühne gebeten und der Radiomann aus der Jury wird mit seiner Radiostimme ins Mikro verkünden, wer es leiderleiderleider nicht ganz geschafft hat, bis am Ende nur noch zwei Bands nicht genannt sind, und dann wird er in ein mindestens zweiminütiges Schweigen verfallen und ins Publikum gucken, als würde dort sämtliches Volk vor verzweifelter Spannung die Fäuste in die Mäuler stopfen. Und dann in brüllender Eruption wird er unseren Bandnamen aus den Boxen platzen lassen, als ginge es um den Grammy für die Erfindung der Musik. Und dann werden wir hervortreten. Oder eigentlich wird Tomke hervortreten. Er wird sich so neben die Juroren stellen, dass man Consti, Schmalbach und mich gar nicht mehr wahrnimmt. Wir landen sozusagen auf dem blinden Fleck der Netzhaut. Und Tomke wird die Oberlippe hochziehen mit dem Ausdruck, als hätte es gar nicht anders kommen können, als hätte er es von Anfang an gewusst. Jawohl gewusst, nicht nur geglaubt. Auf den Unterschied wird er später besonderen Wert legen. Und das Argument, dass es einen Unterschied mache, ob man etwas glaubt, das dann zufällig eintritt, oder ob man etwas wirklich weiß, wird nur als die übliche Miesmacherei eines Neiders halten. Er wird den Wettbewerbsieg nicht nur als den verspäteten Beweis nehmen, dass er das musikalische Genie seiner Zeit ist, sondern auch dafür, dass sich kraft seines Wollens die

Wirklichkeit formt. Und wenn das mal nicht gelingen sollte, dann läge das an den kleinmütigen Miesmachern, die mit ihrem Nörgeln und ihren Bedenken sein Wollen um das entscheidende Quentchen geschwächt hätten.

Ich hör Tomkes Stimme:

„Gleich sind wir dran. Wo steckt Consti?"

„Ist schon an der Bühne und stimmt seinen Bass", antwortet Schmalbach. Gut, dann ist es jetzt also so weit. Das Saallicht wird ausgehen und wir werden auf die Bühne gehen. Für mich das letzte Mal. Und beinahe wird es mir gleichgültig sein, was in der nächsten halben Stunde passiert. Ich würde Tomke gern sagen, dass ich jetzt am liebsten woanders wäre UND dass ich sein Freund bin. Er würde die Oberlippe hochziehen und sagen:

„Was soll das denn jetzt heißen: woanders?" Ich würde mit den Schultern zucken, denn ich weiß es ja wirklich nicht. Aber ich werde ohnehin nichts sagen.

Ganz besonders werde ich ihm nichts von der Sache mit dem Verleger erzählen. Ich hab nämlich ein Probekapitel dieser... unserer... meiner Geschichte ausgedruckt und an einen richtigen Verleger geschickt. Das ist eigentlich ein alter Schulfreund meines Vaters. Bislang wusste ich von dem nichts, aber als ich ihm von meiner Schriftstellerzukunft erzählte, sagte mein Vater, er kenne da jemanden in Freiburg. Er gab mir die Adresse und vier Tage später trug ich den großen, schweren Umschlag zur Post. Auf dem Weg überlegte ich mindestens fünfhundertmal, ob ich wirklich alles in den Umschlag getan hatte, was hinein sollte. Als ich endlich ankam, war ich komplett durchgeschwitzt. Ich legte das Bündel auf den Schalter und sagte:

„Das möchte ich gern aufgeben." Ich zuckte zusammen und schob nach:

„Ich möchte das verschicken." Die Frau in der dunkelblauen Uniform klebte eine Briefmarke drauf und ließ mein Kapitel achtlos in eine graue Plastikkiste fallen, die neben ihr stand und schon bis zum Rand mit Umschlägen gefüllt war.

„Ist noch was?", fragte sie. Ich schüttelte den Kopf und wendete mich Richtung Ausgang, sah mich dann aber noch einmal um. Ein Mann in einem Arbeitsoverall trug gerade die graue Kiste auf der Schulter und schüttete ihren Inhalt in einen mannshohen Sack, der in ein Rollwagengestell gehängt war. Ich stellte mir vor, wie der Sack in einen Lkw und dann mit tausend anderen Säcken in einen Eisenbahnwaggon oder in ein Flugzeug geschmissen würde. Als winziges Pünktchen in einem unermesslichen Schwarm sah ich meinen Brief in den Süden flattern, wo er quasi in der Anonymität untertauchte und verschwand. Wie sollte es menschenmöglich sein, dass dieser gewaltige Treck sich wieder zergliederte und immer weiter verästelte, bis tatsächlich jede Sendung ihre Adresse erreicht hätte?

Mit einem Seufzen riss ich mich los und verließ die Schalterhalle. Meistens kommen die Dinge ja doch ziemlich genau ans Ziel.